Wilhelm Müller

D1857121

Froh zu sein bedarf es wenig

VJG-Erzählbuchreihe
Band 15

Quellennachweis:

Seite 85: »Rosen«
Aus: Anna Haag, »Zu meiner Zeit«,
Stieglitz Verlag, Mühlacker

Seite 123: »Heute«
Aus: Rudolf Hempel, »Du bist reicher, als du denkst«,
Verlag Hans-Rudolf Hintermann, Beinwil/Schweiz

© 1985 Verlag Junge Gemeinde,
Stuttgart. – 2. Auflage 1987
Umschlag und Typografie:
Dieter Kani, Stuttgart
Satz, Druck und Bindearbeiten:
Wilhelm Röck, Weinsberg

ISBN 3-7797-0296-7

Froh zu sein bedarf es wenig

Von der Kunst, sich zu freuen
und andere froh zu machen

24 kleine Lesestücke
ausgewählt von Marlise Müller

mit Illustrationen von
Emmy-Claire Haag

VERLAG JUNGE GEMEINDE

Die Texte und ihre Autoren

Könige

gibt es heute nur – oder fast nur – noch im Märchen, im Schauspiel, in der großen Oper. Dort spielen sie noch mit Zepter und Krone. Aber der Kanon klingt so schön wie einst:

Froh zu sein bedarf es wenig,
und wer froh ist, ist ein König ...

Also: stimmt das noch oder nicht mehr?

Ganz genau erinnere ich mich an jenen Abend vor meinem Geburtstag. Freunde waren da, und einer fragte plötzlich:

»Was wünschst du dir eigentlich am allermeisten?«

»Daß mir die Lebensfreude erhalten bleibt«, sagte ich.

Sie waren nicht meiner Meinung. Das sei ein oberflächlicher, ein unüberlegter, ein eigensüchtiger, ein unchristlicher Wunsch. Ich möge noch einmal darüber nachdenken.

Ich dachte nach. Jahrelang. Und würde heute nicht anders antworten als damals. Bei Martin Luther habe ich gelesen, »daß alle Ängstlichkeit vom Teufel komme, der Mut und die Freudigkeit aber von Gott«; bei Franz von Assisi, »daß Gott Freude sei, darum habe er die Sonne vor sein Haus gestellt« und im Sirach-Buch: »Überrede dich selbst zur Freude, sprich dir Mut zu und vertreibe den Trübsinn!«

Wenn es mir also – mit Gottes Hilfe – gelingt, meine Lebensfreude zu behalten, und wenn irgend möglich mit anderen Menschen zu teilen, bin ich dann nicht reich und glücklich – wie ein König?

Freude und Fröhlichkeit wollen auch die vierundzwanzig Lesestücke dieses Buches bringen – all denen, die sie lesen, vorlesen und hören.

Marlise Müller

Nur dem Fröhlichen blüht der Baum des Lebens.

Ernst Moritz Arndt

Geschichten zum Lachen und Lächeln

... und wer froh ist, ist ein König

»Froh zu sein bedarf es wenig, und wer froh ist, ist ein König«, sangen wir immer als Kinder, ohne zu ahnen, wie wahr dieses Wort für uns im Alter sein würde. Eine ganze Lebensphilosophie steckt darin.

Ich bin siebzig. Aber noch nie in meinem Leben – von der seligen Verliebtheit abgesehen – war ich so fröhlich wie jetzt. Manchmal möchte ich vor lauter Lebensfreude Luftsprünge machen, wenn mir mein mißglücktes künstliches Hüftgelenk dabei nicht im Wege wäre. So mache ich die Luftsprünge eben in Gedanken. Durch meine körperliche Behinderung habe ich das Fröhlichsein gelernt. Manchmal ist mir, als ob ich für diese schwere Behinderung dankbar sein müßte, so viel hat sie mich gelehrt. Ich lebe von innen.

Gut, ich bin ans Haus gefesselt. Wichtige Wege lege ich mit dem Taxi zurück. Ich beklage nicht, daß das so teuer ist. Ich bin dankbar, daß ich es mir leisten kann. Fürs Alter habe ich gespart.

Die meiste Zeit verbringe ich in meinem Ohrensessel am Fenster. Ich schaue den spielenden Kindern zu oder den Spaziergängern auf der Straße. Ohne Neid, ohne Mißgunst. Ich bin dankbar, daß mir das geblieben ist. Es hätte ja schlimmer sein können. Vielleicht könnte ich mich nur noch mit Hilfe eines Rollstuhls fortbewegen. Aber auch im Rollstuhl, das weiß ich bestimmt, würde ich nicht verbittern. Auch dort hat man noch Glücksmöglichkeiten.

Ich verliere mich nicht in trübem Sinnieren darüber, was mir genommen ist, sondern denke daran, was mir noch geblieben ist. So bin ich dankbar, daß ich noch mein volles Augenlicht habe. Ich kann lesen, lesen, lesen. Schon immer habe ich gerne gelesen, aber jetzt erst weiß ich, welches Glück es ist, zum Lesen noch gute Augen zu haben. Beim Lesen tun sich mir Welten auf. Ich erfahre Neues, ich lerne Neues, ich entdecke Neues. Das Buch verbindet mich mit der Außenwelt, es ist die Brücke, selbst mit einer kaputten Hüfte kann ich sie begehen. Ich nehme teil an fremdem Geschick. Auch das ist beglückend. Innerlich bin ich nicht tot. Ich fühle noch mit.

Von neuen Büchern erfahre ich durch Buchbesprechungen. Per Telefon bestelle ich sie mir. Taschenbücher kosten nicht viel. So einfach komme ich zu meinem Glück.

Dann habe ich einen Literaturkreis gebildet. Einmal im Monat kommen sechzehn interessierte Damen zu mir. Die Nichtbehinderten rücken die Stühle zurecht. Die Jüngste kocht Tee. An kalten

Tagen gibt es Rum dazu. Ich stelle dann ein neues Buch vor, erläutere die Problemstellung. Besonders schöne Stellen lese ich vor. Alle haben viel Freude, am meisten ich selbst. Ich gebe, und ich bin froh, daß ich zu geben habe. Die Vorbereitungen zu diesem Kreis fordern mich. Das erhält jung – und froh!

Man braucht so wenig, um glücklich zu sein. Das vergessene Tischgebet spreche ich wieder. Das knusprige Brot, der süße Honig, der gute Kaffee – ist das alles selbstverständlich? Jeden Morgen danke ich dafür. Das Gläschen Wein am Abend wird zum festlichen Genuß.

Manchmal sage ich den Leuten, die mich danach fragen: Ich bin fröhlich – trotzdem! Nach der mißglückten Hüftoperation war ich ganz geknickt, glücklicherweise nicht lange. Dann sagte ich mir: Ich will noch etwas vom Leben haben – trotzdem! Gründe gibt es genug. Man muß sie nur erkennen. Es kommt auf die Lebenseinstellung an: die positive macht glücklich, die negative unglücklich. Man kann lernen, froh zu sein. Jeden Tag zähle ich die Glücksmöglichkeiten, die mir trotz der kaputten Hüfte geblieben sind, zusammen. Es sind so viele, und manche sind noch auszugraben. Es kommt, wie gesagt, nur auf die Lebenseinstellung an.

»... und wer froh ist, ist ein König.« Auch wenn der Thron des Königs nur aus einem Lehnstuhl und sein Zepter aus einem Buch besteht.

Helmut Pätz

Mein Baum darf nicht sterben

Diese Geschichte soll sich tatsächlich zugetragen haben, und sie begann wahrscheinlich in dem Augenblick, da Mister Davis, der Bürgermeister, vor dem kleinen Haus inmitten des großen Parks mit den alten Bäumen zögerte, dann aber kurzentschlossen läutete.

»Ich komme wegen des Baumes, Madam, der hinter Ihrem Haus steht, ganz nahe der Oxford-Straße ...«

Die alte Dame war wie das Haus, ehrwürdig, ein klein wenig verträumt, ein selten gewordenes Überbleibsel aus vergangener Zeit. Sie bat ihn ins Zimmer. »Ein herrlicher Baum, nicht wahr? Mein Urgroßvater setzte ihn, bevor er das Haus baute, und in der ganzen Grafschaft weiß man keinen, der so prächtig gedieh und so kerzengerade wuchs.«

Mister Davis nickte. »Ein Prachtstück ...«

»Von überall her kamen die Leute, um ihn zu sehen. Sogar der Herzog. Meinem Vater verlieh er eine Medaille für den herrlichsten Baum, den er je sah.« Sie trat ans Fenster. »Sehen Sie, da oben im Wipfel, seit Jahren nistet dort ein Falkenpaar.

Den ganzen Park hält es frei von Mäusen, Würmern und anderem Ungeziefer.«

Mister Davis trommelte mit den Fingern auf der Tischplatte. Dann schluckte er ein paarmal. »... der Baum muß weg, Madam.«

Die alte Dame sah ihn an, und in ihre Augen trat ein Ausdruck belustigten Verwunderns. »Er steht seit über zweihundert Jahren, und Mister Hobbs, der städtische Botaniker, sagt, er könne doppelt so alt werden, wenn ihm nichts Unerwartetes zustößt.«

»Das Unerwartete tritt ein, Madam, uns bleibt kein anderer Weg.«

Sie kam vom Fenster zurück. »Ich beabsichtige nicht, ihn wegzunehmen, Mister Davis«, entgegnete sie leise und höflich, aber sehr bestimmt. »Und nun kommen Sie, wir wollen erst einmal in aller Ruhe eine Tasse Tee zusammen trinken ...«

»Sie machen es mir schwer, Madam.«

»Ich weiß nicht, was Sie wollen«, sie lächelte nachsichtig, »aber ich sehe wirklich keine Veranlassung ...«

»Die Gemeinde hat es beschlossen.«

»Meine Vorfahren pflanzten ihn. Auf meinem Grundstück steht er. Er ist mein Eigentum. Wer gibt Ihnen das Recht ...«

Mister Davis drehte den Hut zwischen den Fingern. »Das Gesetz zur Versorgung des Landes mit elektrischer Energie. Da, wo der Baum steht, muß ein Hochspannungsmast hin. Wir müssen den kürzesten Weg nehmen.«

»Aber nicht über den Baum ...« Sie lächelte höflich, aber bestimmt. »Bitte, hier, Ihre Tasse Tee ...«

Davis erhob sich. »Ich will Ihnen keine Unannehmlichkeiten bereiten, Madam, aber morgen früh komme ich mit einem Trupp Holzfäller. Bis dahin werde ich eine gerichtliche Vollmacht erwirken ... Tut mir leid ...«

»Mir auch, Mister Davis, mir auch ...«

Am nächsten Morgen klingelte Mister Davis erneut. Als niemand öffnete, schüttelte er nachdenklich den Kopf. Den Leuten, die mit Axt und Säge neben ihm standen, gab er ein Zeichen, ihm hinters Haus zu folgen.

»Hallo, Mister Davis!« rief eine gut bekannte Stimme.

Betroffen blickte er nach oben. War es denn möglich? Dort hockte sie, die alte Dame, in Hut und Mantel, auf einem besonders starken und bequemen Ast, den sie mit einem Kissen gepolstert hatte. Auf dem Schoß hielt sie einen prall gefüllten Picknickkorb und überm Arm einen Regenschirm.

Davis öffnete den Mund. »Aber, Madam, was soll das?«

»Ich bewache den Baum ... Keine Sorge, mir geht es gut. Hier im Korb habe ich zu essen für

zwei Wochen.« Sie lachte leise. »Ich alte Frau brauch' nicht mehr viel. Und falls es vielleicht regnen sollte ...« Sie spannte den Schirm auf. »Sollte es aber jemandem einfallen, zu mir heraufzukommen ...« Sie klappte ihn langsam wieder zusammen und lächelte vielsagend. »Nein, Mister

Davis, der Baum bleibt stehen! Und wenn er fällt, dann nur mit mir ...«

Der Bürgermeister überlegte eine ganze Zeit. Dann ging er nach Hause, telefonierte mit Ämtern und Behörden und schließlich mit dem Herrn Minister selber. Am späten Nachmittag kam er wieder. Unterm Baum blieb er stehen und lüftete den Hut.

»Es gibt einen anderen Weg, Madam, bitte, kommen Sie wieder herunter. Der Baum bleibt stehen. Sie haben gesiegt ...«

Es müßte Zeitungen geben, die immer das mitteilen, was nicht ist: Keine Cholera! Kein Krieg! Keine Revolution! Keine Mißernte! Die tägliche Freude über die Abwesenheit großer Übel würde zweifellos die Menschen fröhlicher machen.

Christian Morgenstern

Margret ohne Adresse

Oder: Ein Mädchen weiß, was es will

Verliebt zu sein, ist ein beglückender Zustand. Der Verliebte ist nie bescheiden.

»Du bist altmodisch, Margret!«

»Mag sein, Felix –«

»So hübsch und so hinterm Mond!«

»Hinterm Mond leben auch Leute!«

»Hör einmal zu«, sagte Felix, »jetzt kennen wir uns schon vier Wochen – ich weiß nicht, wie du heißt, ich weiß nicht, wo du wohnst, ich habe keine Telefonnummer von dir, keine Hausnummer, nicht einmal die Straße ... Jeden Abend treffen wir uns an der Straßenecke, und wenn ich mich eines Abends verspäte, habe ich dich für immer verloren.«

»Vielleicht ist das der Sinn, Felix. Dann brauchst du dir keine Ausreden auszudenken, wenn du mich eines Tages nicht mehr magst. Du kommst einfach zu spät, und ich bin aus deinem Leben verschwunden.«

»Das sind doch kindische Scherze! Ich werde dich nie verlassen!«

»Das schwört sich so leicht und vergißt sich so schnell!«

Felix gab Margret auf alle Fälle erst mal einen Kuß. Er brauchte ihn als Überleitung:

»Was sagst du zu Italien?«

»Es hat die Form eines Stiefels.«

»Kennst du Italien?«

»Ich war noch nie dort. Es ist mein schönster Traum.«

»Dein Traum wird in Erfüllung gehen«, sagte Felix eifrig, »ein Freund von mir hat auf Capri ein Haus.«

»Schön wär's, wunderschön!« seufzte Margret. »Du müßtest nur zuvor Mama fragen, ob sie es erlaubt!«

»Darf ich? Wie heißt sie und wo wohnt sie?«

»Sie wohnt nicht hier.«

»Wo dann?«

»Ich schreib' dir's auf!«

Und sie schrieb: »Frau Anna Gibtsnicht, Falsche Fährte 13, Nirgendheim an der Lüge.«

Wenn ein Mann wirklich verliebt ist, hört er nicht auf, der Geliebten tausend törichte Wünsche ins Ohr zu flüstern. Auch wenn die Mutter in Nirgendheim wohnt und man ihn auf die falsche Fährte schickt. Das mindert die Liebe nicht.

»Margret, jetzt gehen wir schon vier Monate miteinander. Fahr mit mir eine Woche nach Paris. Ich lade dich ein.«

»Schön wär's, wunderschön!« seufzte Margret. »Du müßtest nur zuvor Mama fragen, ob sie es erlaubt.«

»Gib mir die Adresse!«

Margret nickte. Sie schrieb:

»Frau Eva Weißnichtwie, Schwindelhubergäßchen 11, Weißnichtwo im Wunschland.«

Es kam der letzte Tag im Jahr. Der erste Schnee fiel. Sie waren nicht in Paris gewesen und hatten nicht auf der Straße getanzt. Ein junges Mädchen wie Margret fährt nicht mit einem jungen Mann allein nach Paris und nicht nach Capri. Auch wenn sie ihn noch so liebt. Da braucht sie gar nicht erst die Mutter zu fragen. So wußte Felix immer noch nicht, wie Margret mit ihrem Nachnamen hieß und wo sie wohnte. Er wußte nur, daß er sie liebte und ohne sie nicht mehr leben konnte. Und da man zu dieser Zeit immer voll guter Vorsätze ist und große Entschlüsse faßt ...

»Margret!«

»Hast du schon wieder einen geliebten dummen Vorschlag? Willst du schon wieder eine Reise machen?«

»Keine Reise, Margret. Nur einen kleinen Ausflug von einer halben Stunde. Aber es muß am Vormittag sein.«

»Einen Ausflug? Am Vormittag? Wann?«

»In den ersten Tagen des neuen Jahres.«

»Wohin?«

»Auf das Standesamt. Um dich zu heiraten.«

Da sagte Margret nicht: »Schön wär's, schön

wär's, wunderschön!« Sie sagte nur ganz leise:

»Du müßtest zuvor Mama fragen, ob sie es erlaubt.«

»Mama in Weißnichtwo oder Mama in Nirgendheim?«

»Mama in unserer Stadt.«

Und Margret schrieb zum dritten Mal die Adresse ihrer Mutter: Frau Professor Dr. Hedwig Hagemann, Pettenkoferstraße 9.

Und diesmal stimmte die Adresse.

Freude ist wie eine Liebeserklärung an das Leben. Freude kann man lernen.

Adalbert L. Balling

GERT LYNCH

Die römische Münze

Von den Bewerbungen, die das Inserat gebracht hatte, waren nach sorgfältiger Auslese nur zwei übriggeblieben, die den Bedingungen entsprachen. Der Personalchef Lohmeier nahm die Mappe mit den Schriftstücken unter den Arm und ging zum Direktor, der die letzte Entscheidung über die neue Sekretärin selbst zu treffen wünschte.

»Die beiden Mädchen, die sich Ihnen vorstellen möchten, warten im Vorzimmer«, sagte Lohmeier. »Hier sind die Unterlagen.«

»Danke«, nickte Direktor Hoffmann. Er nahm die Mappe entgegen und schlug sie auf. »Fangen wir gleich mit Fräulein Probst an. Ich lasse bitten!« Lohmeier öffnete die Tür und ließ ein großes, stattliches Mädchen eintreten, das selbstbewußt lächelte.

»Bitte, Fräulein Probst, nehmen Sie Platz«, sagte Hoffmann. »Sie sind in die engere Wahl gekommen. Doch ehe ich mich entscheide, möchte ich mich ein wenig mit Ihnen unterhalten. Sie schrieben uns, daß Sie italienische Sprachkenntnisse haben. Waren Sie schon in Italien?«

»O ja«, sagte Ute Probst. »Meinen letzten Urlaub verbrachte ich in Igea Marina an der Adria. Ich liebe Italien!«

»Auch ich fühle mich dort wohl«, stimmte Hoffmann zu. »Unlängst war ich in Rom, wo ich bei einem Straßenhändler etwas Seltsames entdeckte. Ich trage es bei mir und kann es Ihnen zeigen.« Er zog ein größeres rundes Kupferstück aus der Tasche und überreichte es dem Mädchen. »Eine altrömische Münze«, bemerkte er, »die ich ziemlich preiswert erstanden habe. Glauben Sie, daß sie echt ist?«

»Ich weiß nicht«, sagte Ute Probst zögernd, indem sie die abgeschliffene Münze in der Hand drehte. Plötzlich fuhr sie lebhaft fort: »Hier ist ja das Jahr angegeben, in dem sie geprägt wurde: 51 vor Christus! Das beweist doch, daß sie echt ist, nicht wahr?«

»Meinen Sie?« fragte Hoffmann und nahm die Münze zurück. »Denken Sie einmal scharf nach!«

»Es müßte denn sein«, sagte sie eifrig, »daß es damals schon Falschmünzer gegeben hat und daß Ihre Münze die Kopie einer echten ist. Aber das kann man als Laie doch nicht entscheiden!«

»O doch«, versicherte Hoffmann, der es ihr erleichtern wollte. »Überlegen Sie noch einmal. Überlegen Sie ganz genau!«

»Ich kann mir nicht denken, was es da noch zu überlegen gäbe«, sagte sie nach einer Schweigeminute mit einem Anflug von Trotz, hinter dem sich gekränkte Eitelkeit verbarg. »Darum hat es wohl wenig Zweck, wenn ich Sie noch länger aufhalte, nicht wahr? Ich habe es mir anders überlegt und möchte meine Zeugnisabschriften gleich mitnehmen.«

»Bitte«, entgegnete Hoffmann, »ganz wie Sie wünschen.« Er erhob sich, gab die Papiere zurück und verneigte sich leicht.

Nach einer Weile ließ er die andere Bewerberin eintreten. Es war ein feingliedriges Mädchen mit rötlichem Haar.

»Ich bin Gabriele Rainer«, sagte sie unbefangen. »Darf ich mich ganz privat erkundigen, wer die Aquarelle ausgewählt hat, die draußen im Vorzimmer hängen?«

»Das hat meines Wissens mein Vorgänger veranlaßt«, antwortete Hoffmann erstaunt. »Warum fragen Sie? Gefallen sie Ihnen nicht?«

»Darf ich aufrichtig sein?«

»Ich bitte darum«, sagte Hoffmann. »Wer A sagt, muß auch B sagen!«

»Ich möchte nicht anmaßend sein, aber ist es nicht wirklich so, daß diese Bilder süßlich wirken und dilettantisch sind? Für Ihr großes Haus könnte ich mir etwas Besseres vorstellen.«

»Na, na«, lächelte Hoffmann. »Verstehen Sie denn etwas von Kunst?«

»Wenn Sie damit den guten Geschmack meinen, dann schon, glaube ich. Als Malerstochter bin ich jedenfalls dazu erzogen worden.«

»Und was sagen Sie dann zum Beispiel zu dieser altrömischen Münze?« fragte Hoffmann, indem er die Kupferscheibe in ihre Hand legte.

Gabriele betrachtete die Münze eingehend, drehte sie um, stutzte, schüttelte den Kopf und sagte lachend: »Entschuldigen Sie, aber das ist doch ein Scherz, nicht wahr? Denn eine Münze, die angibt, 51 vor Christus geprägt worden zu sein, ist niemals eine altrömische Münze, weil die alten Römer nicht 51 Jahre vorher wissen konnten, daß Christus geboren wird ...«

»Danke«, sagte Hoffmann schmunzelnd. »Genau das wollte ich von einer Bewerberin hören, die ich für geeignet halte, meine Sekretärin zu werden. Sie sind angestellt, Fräulein Rainer! Und Ihre erste Aufgabe soll darin bestehen, das Vorzimmer mit besseren Bildern auszustatten. Was meinen Sie dazu?«

HEINZ REIN

Segen der Technik

Bei Brunners gibt es oft Streit, keinen großen, keinen ehegefährdenden, nicht einmal lautstarken, aber immerhin Streit, und das ist nicht gut für das Klima einer Ehe, selbst wenn sie schon über zwanzig Jahre dauert. Worüber Brunners so anhaltend streiten? Über Kleinigkeiten, Belanglosigkeiten, über wirkliche oder vermeintliche Unaufmerksamkeiten. Das sieht etwa so aus:

»An meiner braunen Jacke fehlt noch immer ein Knopf«, rügt Herr Brunner.

»Na und? Wenn du es mir nicht sagst, daß einer fehlt . . .« entgegnet Frau Brunner ein wenig aufgebracht.

»Ich habe es dir gesagt!« behauptet Herr Brunner.

Frau Brunner hohnlacht. »Wann willst du es mir gesagt haben?«

»Wiederholt, zuletzt gestern beim Nachmittagskaffee«, antwortet Herr Brunner.

»Vielleicht hast du es sagen *wollen*«, meint Frau Brunner.

»Ich *habe* es gesagt!« beharrt Herr Brunner auf seiner Behauptung.

»Ich habe nichts gehört«, sagt Frau Brunner.

»Das ist möglich«, raunzt Herr Brunner. »Du hast eben wieder mal nicht hingehört.«

Der Streit, ob gesagt oder nicht gesagt, wogt eine Weile hin und her und endet unentschieden. Es ist kein Zeuge da, der dieses oder jenes bestätigen könnte.

Ein Streit bei Brunners kann aber auch so aussehen:

»Tante Erika geht es wieder besser«, sagt Frau Brunner.

»So?« sagt Herr Brunner. »War sie denn krank?«

»Das weißt du doch!« entrüstet sich Frau Brunner.

»Ich habe keine Ahnung«, widerspricht Herr Brunner.

»Das ist doch die Höhe!« empört sich Frau Brunner. »Ich habe es dir doch erzählt!«

Herr Brunner schüttelt energisch den Kopf. »Du hast mir davon erzählt? Wann denn, wenn ich fragen darf?«

»Wiederholt«, antwortet Frau Brunner. »Zuletzt gestern beim Nachtessen.«

»Ich kann mich nicht erinnern. Ich habe nichts gehört«, sagt Herr Brunner.

»Du hast wie üblich wieder einmal nicht hingehört«, stellt Frau Brunner ärgerlich fest.

Der Streit, ob gesagt oder nicht gesagt, wogt eine Weile hin und her und endet unentschieden.

Es ist kein Zeuge da, der dieses oder jenes bestätigen könnte.

Von dieser Art sind die Auseinandersetzungen bei Brunners. Wie man sieht, geht es darum, daß Herr Brunner etwas sagt und Frau Brunner seinen Reden keine Aufmerksamkeit schenkt oder umgekehrt. Da jeder auf seinem Standpunkt beharrt, bleibt eine Verärgerung zurück. Sie äußert sich so.

»Warum mußt du immer gleich so aggressiv sein?«

»Ich bin nicht aggressiv gewesen! Ich habe ganz ruhig gesagt ...«

»Das nennst du ruhig?«

»Wenn ich, gelegentlich, ein bißchen aufdrehe, dann liegt es nur an dir. Weil du immer gleich hochgehst wie eine Rakete, wenn du auch nur ein Körnchen Kritik vermutest.«

»Daß ich nicht lache! Umgekehrt wird ein Schuh daraus!«

Man wird bemerken, daß dieses »Gespräch« nicht mit den Anmerkungen »Sagte Herr Brunner« und »Sagte Frau Brunner« versehen ist. Es ist auch unnötig, weil diese Redensarten sowohl von Herrn wie von Frau Brunner je nach Bedarf angewendet werden.

Wie lassen sich nun solche Streitigkeiten schlichten? Wie kann der Beweis dafür erbracht werden, daß der andere ein schlechtes Gedächtnis, nicht hingehört, dieses und jenes gesagt, zuerst einen Mißton ins Gespräch gebracht hat? Da Brunners ihre Auseinandersetzungen klugerweise nicht vor anderen Leuten, sondern innerhalb ihrer trauten vier Wände austragen, hat keiner die Möglichkeit, den anderen zu überführen.

Keine Möglichkeit? O doch, es gibt eine, seit sich auch der Normalbürger jenes technischen Erzeugnisses bedienen kann, das man Tonbandgerät nennt.

Eines Tages, als ein Brunnerscher Streit wieder einmal unentschieden ausging, sagte Herr Brunner: »Ein Tonbandgerät müßte man haben! Als unbestechlichen Zeugen ...«

»Das wäre gut«, stimmte Frau Brunner zu. »Dann könnte ich dir einmal beweisen ...«

»Ich *dir*!« fiel Herr Brunner seiner Frau ins Wort. Das wird gut, dachte er. Ich sage nur einfach »Tonband her!«, und schon spiel' ich ihr vor, daß ich im Recht bin.

»Wir werden sehen«, sagte Frau Brunner, fest entschlossen, dem Kauf zuzustimmen. Da freue ich mich drauf, dachte sie. Ich fange ihn in seiner eigenen Schlinge. »Tonband her!« werde ich sagen und ihm vorspielen, daß er im Unrecht ist.

Sie kauften ein Tonbandgerät und stellten es bei jedem Gespräch auf den Tisch. Da stand denn nun der kleine Koffer, seine Spulen drehten sich leise sirrend, das Tonband zeichnete jedes Wort auf. Aber merkwürdig, seit dieser neutrale, unbestechliche Zeuge zugegen war, hörten Brunners sich gegenseitig viel aufmerksamer als früher zu, befleißigten sie sich einer ruhigeren, freundlicheren Sprechweise, hüteten sie sich davor, einen Streit zu beginnen. Es war gar nicht nötig, in den Ruf nach dem Tonband auszubrechen und den Zeugen zu zitieren. Seine Anwesenheit genügte, um Streitigkeiten zu unterbinden, keiner wollte sich von ihm beschämen lassen. Vielleicht kommt es sogar dazu, daß Brunners eines Tages ohne den stummen, aber doch so beredten Zeugen auskommen werden.

Wir können uns zum unausstehlichen Nörgler, zum ewig unzufriedenen Meckerer entwickeln, zu einem Wesen, das alles Glück oder jeden Anstoß zur Heiterkeit von außen erwartet, oder wir können das Schwergewicht unserer Erlebnisfähigkeit konsequent auf die vielen liebenswerten Situationen legen, die jeder Tag für uns Menschen bereit hat.

Anna Haag

Wie im Krimi

Karl Knutzen findet, daß seine kleine Rente nicht hin und nicht her reicht. Er möchte sich etwas dazuverdienen, um sich für seine alten Tage eine gemütliche »Kautsch« kaufen zu können. Darauf will er liegen – wenn andere arbeiten – und nach Herzenslust seine geliebten Krimis lesen.

Er macht bei der Wach- und Schließgesellschaft einen Kurs mit und bekommt auch einen schönen Posten. Mit Schlüsselbund, Taschenlampe und Dienstmütze versehen, bewacht und verschließt er Nacht für Nacht ein großes Warenhaus.

Gewissenhaft geht er seine Runden. Jedesmal, wenn er durch die Bücherabteilung kommt, nimmt er einen Krimi mit. Den ausgelesenen stellt er wieder auf das Bord. Für die »Kautsch« legt er Mark für Mark von seinem Lohn zurück.

Eines Nachts merkt er, daß im Warenhaus etwas nicht stimmt. Er fühlt, daß er nicht allein ist. In der Bekleidungsabteilung wird ihm so unheimlich zumute, daß er beinahe vergißt, seinen Krimi zu wechseln. Er überwindet sein Unbehagen und denkt an die letzte Geschichte, die besonders spannend war. Nur eine einzige Leiche war darin vorgekommen, aber die hatte es in sich gehabt. Sie war nämlich in Wirklichkeit eine Schaufensterpuppe gewesen, mit der sich jemand einen Scherz erlaubt hatte.

In Gedanken an diesen Krimi beguckt sich der brave Knutzen fast unbewußt die vielen Schaufensterpuppen, die in der Kleiderabteilung herumstehen. Plötzlich glaubt er, den Verstand zu verlieren. Sie sind alle lebendig, diese Puppen.

Mit größter Anstrengung gelingt es Knutzen, seine Erregung zu verbergen, so zu tun, als habe er nichts bemerkt, einen Büroraum zu erreichen und das Überfallkommando zu alarmieren. Eine schon lange gesuchte Bande von Einbrechern und Ladendieben wird gefaßt, Knutzen ist der Held des Tages.

»Diese verdammten Krimis«, schimpft der Kriminalbeamte, »sie allein haben die Banditen zu diesem Trick mit den gespielten Puppen angeregt!«

»Hm«, denkt Knutzen, »aber ohne meine Krimis wäre ich nie darauf gekommen, mir die Schaufensterpuppen so genau anzusehen.«

Die dankbare Geschäftsleitung schenkt ihm die ersehnte »Kautsch« und – einen Krimi. Es ist der, den er in der vergangenen Nacht zurückgebracht hat.

Aber das verrät Karl Knutzen natürlich nicht.

GUSTAV KLEIN

Erbsensuppe

Adelheid van Gemmern war, was man – im allerbesten Sinne des Wortes – eine »Dame« zu nennen pflegt. Niemals begab sie sich in laute, oberflächliche Gesellschaft. Sie mied alles Übertriebene, alles Burschikose. Grundsätzlich kaufte sie nicht in Warenhäusern ein, sondern nur in gediegenen Geschäften mit bestem Ruf und langer Tradition. Man sah ihr die Vornehmheit ihres Wesens an und gestand sie ihr unumwunden zu.

Eines Tages kam sie die Lust an, einen Spaziergang durch die bekannte »Hohe Straße« in Köln zu machen. Es war um die Mittagszeit. Plötzlich empfand sie Hunger und entsann sich, daß Bekannte einmal erwähnt hatten, es gäbe im »Kaufhaus Gutwert« eine besonders delikate Erbsensuppe, die man wirklich nur empfehlen könne. Frau van Gemmern überlegte, ob sie es ihrem Lebensstil zumuten könnte, dort zu essen. Einer gewohnten Übung folgend sah sie in ihre Geldbörse und entdeckte, daß sie vergessen hatte, sie aufzufüllen. Sie enthielt nur noch wenige Markstücke und einige Groschen und Pfennige. Damit konnte sie nicht in ein gutes Restaurant oder in ein noch besseres Hotel gehen. Es blieb also nur das »Kaufhaus Gutwert«.

Mit mancherlei Bedenken betrat Adelheid van Gemmern die große, menschengefüllte Halle und fand auch tatsächlich die Theke, an der man sich die Suppe holen mußte. Als sie dort, ein Tablett in der Hand, stand und wartete, bereute sie fast ihren Entschluß und schwor bei sich, niemals mehr in einem Kaufhaus essen zu wollen. Doch schon wurde sie weitergeschoben und bekam ihre Schale Erbsensuppe, in der zwei Würstchen schwammen.

Frau van Gemmern begab sich damit zu einem der kleinen Stehtische. Dort erst stellte sie fest, daß sie in ihrer Verlegenheit und Unkenntnis der hier herrschenden Verhältnisse übersehen hatte, ein Besteck von der Theke mitzunehmen. So stellte sie ihr Tablett ab, hängte ihre Tasche an einen dafür in das Tischbein eingelassenen Haken und holte sich das Vergessene. Sie war erstaunt und entrüstet zugleich, als sie zum Tisch zurückkam und feststellen mußte, daß sich dort inzwischen ein baumlanger schwarzer Mann eingefunden hatte, der sich gerade mit zwei Fingern ein Würstchen aus der Suppe holte und mit Behagen zu kauen begann. Voll Zorn ob solcher Unverschämtheit riß sie die Schale an sich und begann zu essen. Der Neger lächelte breit über das ganze Gesicht und sagte mit angedeuteter Verbeugung: »Johnny.« Dann verschwand er und kam nach

kurzem mit zwei Gläsern Bier zurück, ihr eines derselben zuschiebend. Wütend und zornige Blicke auf den lächelnden Johnny werfend, nahm sie es und trank diesen »Ersatz« für ihr Würstchen.

Auch der Neger trank sein Bier aus und verschwand dann mit leichter Verbeugung. Er war schon in der Menschenmenge untergetaucht, als Adelheid van Gemmern ein Taschentuch brauchte und nach ihrer Tasche griff – sie fehlte. Schreckgelähmt starrte sie auf den leeren Haken. Dann ermannte sie sich jedoch und lief hinter dem Neger her. Dabei stieß sie gegen den nächsten

Tisch und bemerkte dort, während sie ihre schmerzende Hüfte rieb, eine unberührte Schale mit Erbsensuppe und – am Tischbein baumelnd – eine Tasche: *ihre* Erbsensuppe und *ihre* Tasche ...

Als sie den würstchenkauenden Neger sah, war sie rot vor Ärger geworden, jetzt wurde sie purpurrot vor Scham. Was ist das bloß! Was habe ich da gemacht! Ich habe doch tatsächlich einem Neger die Suppe weggegessen, seine Suppe habe ich ausgelöffelt und mir auch noch ein Bier von ihm spendieren lassen – ich, Adelheid van Gemmern ... Kreuz und quer schossen die Gedanken durch ihren Kopf.

Total verwirrt verließ sie das »Kaufhaus Gutwert« und wußte hinterher kaum, wie sie nach Hause gekommen war.

Zwei Tage später fand man in einer großen Tageszeitung die folgende Anzeige: »Lieber Johnny, es ist mir schrecklich peinlich, daß ich im ›Kaufhaus Gutwert‹ die Tische verwechselt und Ihnen die Suppe weggegessen habe. Dabei war ich auch noch wütend auf Sie. Bitte, verzeihen Sie mir und rufen Sie mich zwecks Wiedergutmachung unter der folgenden Nummer an ...«

Adelheid van Gemmern hörte aber nichts mehr von Johnny. Vielleicht hatte er ihre Anzeige gar nicht gelesen, vielleicht aber hatte er sie auch gefunden und dabei über das ganze Gesicht gelächelt – mit einer kleinen, nur angedeuteten Verbeugung.

Die Griechin und der Türke

Sie denkt: Wie soll ich meinen schweren Koffer aus dem Zug bringen? Nirgends ist ein Schaffner zu sehen, aber vielleicht könnte mir einer von den Burschen, die dort müßig herumstehen, helfen. Es kann keiner. – Etwas abseits steht noch ein anderer, er hat schwarzes Haar, schwarze Augen, ein scharfgeschnittenes Gesicht, und er trägt den schwarzen Schal eng um den Hals geschlungen – wahrscheinlich ein Gastarbeiter. Vermutlich ist es ein Italiener oder ein Spanier, allenfalls ein Türke, ja, ein Türke gewiß. Jetzt wirft er die Zigarette fort, tritt den Stummel aus, wendet sich um.

Er denkt: Ein Mädchen mit buntem Kopftuch, das eng um das griechisch geschnittene Profil geschlungen ist. Außerdem schleppt sie schwere Koffer. Wer tut das schon heutzutage? Sicher ist sie eine Gastarbeiterin – vielleicht aus Spanien oder gar aus Griechenland? Ja, sicher ist sie eine Griechin, ganz gewiß: denn sie ist sozusagen griechisch schön.

Er eilt auf sie zu.

Sie sagt: »Oh, er mir helfen?«

Diese Sprache, denkt er, nur ein paar Brocken Deutsch, also habe ich mich nicht geirrt.

»Ich gerne helfen«, erwidert er in der gleichen gebrochenen Sprache und faßt schon nach dem ersten großen Koffer.

Sie schaut ihn an: »Koffer schwer!«

Er lächelt: »Ich stark«, stellt den ersten Koffer auf den Bahnsteig hin und greift schon nach dem zweiten. Die langhaarigen Burschen, die müßig herumstehen, grinsen. Sollen sie nur.

Er tut ihr leid, und das Grinsen der Burschen ärgert sie auch ein wenig. »Er mir lieber!« erklärt sie deshalb laut, so daß es auch die Langhaarigen hören können.

»Sie mir auch!« antwortet ihr Helfer und will beide Koffer hochnehmen.

»Nicht so!«, erklärt sie entschlossen, »einen Koffer ich, einen er!«

»Ich sehr stark«, erklärt er ihr nochmals, »ich zwei, drei, vier Koffer kann tragen!«

Sie freut sich über ihren »Türken«. Der Weg ist nicht weit, sie hat kaum eine Viertelstunde zu gehen, aber nun ist sie doch froh, daß sie die Koffer nicht schleppen muß. Und im Weitergehen denkt sie: Da sieht man es mal wieder, wie hart, wie vorschnell man in unserem Lande über solche Leute wie diesen Türken urteilt, nur weil er ein bißchen anders aussieht mit den dunklen Augen und der gebogenen Nase, und weil er eine andere Sprache spricht. Diese Fremden, gefällig sind sie, gefälliger als alles, was sonst so an Halbwüchsigen herumläuft ...

Den einen Koffer links, den anderen rechts, so schreitet er ihr voran.

»Nach Marchtrenk?« fragt er.

Sie nickt: »Ja, Marchtrenk, aber nicht weit!«

Und er: »Weit – macht nix!«

»Helfen, schön!« Sie lächelt ihm zu.

Und er gibt zurück: »Ich immer helfen!«

»Immer?«

»Nicht immer, aber bei hübschen Mädchen immer!«

Er lächelt türkisch, und sie lächelt griechisch. Sie verstehen sich, lächeln ist international.

Nach ein paar Schritten fragt sie: »Er in Marchtrenk arbeiten?«

»Gute Arbeit in Marchtrenk!« bestätigt er.

Da taucht über den Apfelbäumen auf der Wiese der hohe Kirchturm von Marchtrenk auf.

»Er schon lange hier?« will sie wissen.

Da lächelt er: »Lange, sehr lange – ich bin in Marchtrenk geboren!«

»Wie? Was?« Erschrocken hält sie inne. »Was soll das heißen – in Marchtrenk geboren? Ich bin doch auch in Marchtrenk geboren, freilich, seit einigen Jahren lebe ich in Linz. Und ich habe gemeint ...«

»... gemeint!« wiederholt er, gleichfalls erschrocken, stellt beide Koffer ab, zieht höflich den Hut und lächelt verlegen: »Gestatten Sie,

Gebetsberger; mein Name ist Josef Gebetsberger!«

»Von der Firma Gebetsberger in Wels – von der Süßwarenfirma?« Sie schaut ihn an.

»Gewiß, Süßwaren aller Sorten und für jeden Geschmack, Pralinen, Schokolade, Bonbons ...« Er lacht ihr zu.

»Und ich bin die Tochter vom Lehrer Blümlhofer, Theresia Blümlhofer«, – jetzt lachen beide. Aber nicht mehr türkisch oder griechisch, sondern durchaus landesüblich.

»Trotzdem!« sagt er. Was Besseres fällt ihm im Augenblick nicht ein. Und um dem Ganzen einen guten Schluß zu geben, nimmt er die beiden Koffer wieder auf und geht ihr voraus auf den Ort zu.

So geschehen vor einigen Jahren in Marchtrenk, Oberösterreich, und hiermit aufgeschrieben um zu zeigen, wie gut sich die Bevölkerung mit den Gastarbeitern versteht.

O Mensch, lerne tanzen. Sonst wissen die Engel im Himmel nichts mit dir anzufangen.

Aurelius Augustinus

JO HANNS RÖSLER

Agentur Terps

Die Tür ging so leise auf, daß man es gar nicht bemerkte. Ein kleiner rundlicher Herr war eingetreten und drehte verlegen einen altmodischen großen Regenschirm in seinen Händen. Als man nach Minuten noch immer keine Notiz von ihm nahm, räusperte er sich vernehmlich. Und dann erschrak er zu Tode über seinen eigenen Mut. Der Herr hinter dem Schreibtisch starrte ihn wütend an.

»Sie wünschen?«

»Meine Frau möchte –«

»Wer sind Sie?«

»Meine Frau hat –«

»Was wollen Sie eigentlich?«

»Meine Frau will –«

»Herr! Sie haben sich in der Etage geirrt! ›Meine Frau will, meine Frau möchte, meine Frau hat‹ – ich bin weder Scheidungsanwalt noch Arzt! Ich habe ein Film-, Fernseh- und Theaterbesetzungsbüro. Ich bin der Besitzer der Agentur Terps. Und jetzt Schluß mit Ihnen! Hinaus! Auf Nimmerwiedersehen!«

Der kleine rundliche Herr nahm allen Mut

zusammen. »Meine Frau will zum Fernsehen oder Film«, sprudelte es aus ihm heraus, »alle Leute sagen, sie ist ein großes Talent. Gestern hat sie ihre schauspielerische Ausbildung beendet. Sie wartet draußen vor der Tür. Wollen Sie sie prüfen? Sie kann doch hereinkommen? Henrietta, komm herein!«

Henrietta erschien. Sie war mittleren Alters und keine beeindruckende Erscheinung.

»Was wollen Sie vorsprechen?« fragte Herr Terps kurz.

»Die Jungfrau von Orleans.«

»Aber Henrietta!« rief der Ehemann erschrocken.

»Laß mich nur, Habermännchen!«

»Als Jungfrau blamierst du dich unsäglich!« jammerte der Ehemann. »Erst gestern, als ich dich abhörte, bist du viermal an den markantesten Stellen steckengeblieben, gar nicht zu zählen, wie oft du dich im Text verhaspelt hast!«

»Ich mache die Jungfrau!«

»Du machst nicht die Jungfrau!«

Die Frau blieb Siegerin. Sie machte die Jungfrau.

Herr Terps hörte belustigt dem ehelichen Dialog zu.

Henrietta blieb nicht stecken. Sie leierte die Jungfrau herunter, daß es eine Art hatte. Es ging wie am Schnürchen. Die Verse liefen wie geschmiert. Habermännchen, der kleine rundliche Ehemann, stand mit ängstlich aufgerissenen Augen da. Ganz klein war er geworden, und seine Knie zitterten so stark, daß er sich setzen mußte. Er klammerte sich fest an seinen Schirm, ja, er verkroch sich geradezu hinter ihm. In den einen Daumen biß er sich aus Angst, den zweiten drückte er fest für das Gelingen, mit den Lippen formte er tonlos Schillers Worte nach, seine Nase vibrierte vor Aufregung, und beide Wangen glühten vor Begeisterung wie zwei Laternen. Er schnaufte und stöhnte, er wimmerte und seufzte – sogar sein Magen gab dunkle Töne von sich. Dann aber, als Henrietta ihr erstes Dutzend Verse hinter sich hatte, wuchs er von Minute zu Minute. Zehn Zentimeter war er schon größer geworden; seine Augen leuchteten, seine Stirn bekam Glanz, die Nase hörte auf zu vibrieren, die Ohren klapperten vor Vergnügen, und als Henrietta den letzten Vers hatte strömen lassen, kannte seine Begeisterung keine Grenzen. Er sprang auf, riß den Schirm wie eine Feldfahne hoch, schwenkte ihn freudig erregt und rief: »Bravo, bravo! Herr Terps, was sagen Sie jetzt?«

Herr Terps, der Besitzer der Schauspieleragentur, sagte:

»Fürwahr, ein großes Talent!«

»Tatsache?«

»Wir können gleich über die Gage reden und den Vertrag machen.«

»Wirklich? Sie wollen meine Frau fürs Fernsehen und den Film entdecken?«

Der Agent lächelte:

»Wer spricht von Ihrer Frau? *Sie* will ich engagieren, Herr Habermann! Sie sind der geborene Komiker und werden eine tolle Karriere machen! Was Henrietta, Ihre liebe Frau betrifft – nun, sie soll für Sie kochen, Sie betreuen und das Telefon bedienen – da wird sie bald genug zu tun haben ...«

Lächeln gehört zu den wenigen Dingen, die noch steuerfrei sind.

Unbekannter Autor

Der kleine Brautwerber

Als der Weinhändler Sylvester Spöttl – es war wenige Jahre nach dem Krieg – eines Tages von Salzburg nach Gmunden fuhr, sah er am Rande der Straße einen Jungen stehen, der ihm heftig zuwinkte. Spöttl hatte zwar mit Anhaltern nicht die besten Erfahrungen gemacht, aber etwas an diesem Kerl gefiel ihm, vor allem die ungewöhnliche Kleidung. Der Junge trug nämlich einen feierlichen, etwas altmodisch geschnittenen schwarzen Anzug, wie man ihn früher zu besonderen Anlässen getragen hatte. Allerdings war ihm dieser Anzug viel zu klein, so daß beim Winken der Ärmel bis zum Ellbogen zurückkroch. Die Hose stand gut eine Spanne weit von den Schuhen ab. Obwohl der Kerl dürr und mager war, spannten sich die Nähte des Rockes über der Brust, und auf dem Kopf thronte ein steifer schwarzer Hut, ein etwas komisches Stück.

Herein mit dem seltenen Vogel! dachte der Weinhändler und trat auf die Bremse.

Schon kam der Junge, den Hut in der Hand, hinter dem Wagen hergerannt. »Nach Mondsee, bitte!«

Der Weinhändler stieß die Wagentür auf. Der Junge wollte einsteigen. Da fiel ihm ein, daß sein besonderer Aufzug ein besseres Benehmen verlangte. Er schlug den steifen Hut klatschend an die Brust, verbeugte sich und rief schmetternd: »Franz Kolbus!«

Der Weinhändler lachte und drückte den Jungen in den Sitz.

Tatsächlich, der Bursche hatte sich auf besondere Art fein gemacht. Sogar schwarze Handschuhe trug er, die ihm freilich auch zu klein und zu eng waren. Auf dem Hut, den er achtsam vor sich auf die Schenkel gelegt hatte, steckte ein Sträußlein Rosmarin, wie es nur heimliche Liebhaber tragen. Aber für ein Abenteuer dieser Art war das blasse, schmächtige Bürschlein viel zu jung, zu unfertig im ganzen.

Still saß er da und starrte vor sich hin. Ab und zu bewegte er die Lippen, als müßte er sich eine bestimmte Rede einprägen. Dann aber erwachte er unversehens und horchte aufmerksam auf die Geräusche des Wagens.

»Hat etwas am Differential!« murmelte er, als spräche er zu sich selbst.

»Stimmt!« rief der Weinhändler. »Aber bis heim wird es noch gehen!«

»Vielleicht«, erwiderte der Junge und fügte schnell, wie um sich zu entschuldigen, hinzu: »Ich lerne nämlich Autoschlosser.«

Dann aber schwieg er wieder, zerrte die Handschuhe von den Fingern, schlug sie in die offene linke Hand, starrte vor sich hin und schien seine Ansprache zu wiederholen.

Sylvester Spöttl packte die Neugier. »Also nach Mondsee geht's?«

Der Junge nickte: »Vormarkt sieben.«

»Geschäftlich?«

»Nicht gerade das, bloß – «

»Bloß?«

»– bloß eine Mutter suchen!« platzte der Junge heraus.

»Eine Mutter?« wunderte sich der Weinhändler. »Hast du denn deine Mutter verloren?«

Der Junge runzelte die Stirn. »Ja, vor zwei Jahren. Jetzt brauchen wir eine andere Mutter, eine neue.«

»Wir?«

»Ja, wir. Ich und meine vier Geschwister. Und der Vater auch, natürlich.«

»Ach so, der Vater!«

»Ja, der Vater! Er kommt zu nichts; denn er kann sich nicht entschließen. Dabei sagt er doch selbst, die Marie-Bas' wäre die Richtige für ihn.«

»Die Marie-Bas'?«

»Ja, wir sind nämlich Banater. Aus Sackelhausen bei Temesvar. Die Marie-Bas' ist auch aus Sackelhausen und hat im Krieg ihren Mann verloren. Aber sie ist keine richtige Base von uns. Eigentlich heißt sie Marie Just, geborene Weissenbach, sechsunddreißig Jahre alt.«

»Und du fährst zu ihr?«

»Ja, zu ihr. Ich muß ihr doch sagen, daß unser Vater sie sehr gern hat. Aber davon redet er bloß, wenn sie nicht da ist. Zu ihr selbst sagt er nur, wie schön die Theres war und wie gut – die Theres ist nämlich unsere verstorbene Mutter! –, und daß es keine Frau auf der ganzen Welt gibt, die so schön und gut wäre wie die Theres. Doch das sagt der Vater bloß, weil er keinen Mut hat, etwas Neues anzufangen. Und dabei ist er doch Spezialschweißer geworden und verdient nicht wenig. Ich verdiene auch schon bald, und der Ferdinand, mein jüngerer Bruder, wird Schriftsetzer und die Rosina Schneiderin. Bleiben noch die zwei Kleinen. Mit denen wird die Marie-Bas' leicht fertig.«

So in Eifer hatte sich der Junge geredet, daß er die Knöpfe seines Rockes aufmachen mußte. Dafür zog er die Handschuhe wieder an. Der Weinhändler aber fuhr mit großem Schwung nach Mondsee hinein, schlug vor dem Hause Vormarkt sieben zur Begrüßung heftig auf die Hupe, ließ den Jungen aussteigen und wartete gespannt, wie sich diese heikle Angelegenheit weiterentwickeln würde.

Da stand der auf Glanz ausstaffierte kleine Brautwerber, blickte verlegen an sich nieder und drehte den Hut in den Händen. Anscheinend hatte er jetzt, da es ernst werden sollte, selbst allen Mut verloren. Mit unglücklichem Gesicht kam er zum Wagen zurück.

»Vielleicht hält es doch nicht durch, das Differential«, meinte er. »Im Ort wäre eine gute Reparaturwerkstätte.«

Doch im gleichen Augenblick kam eine kräftige, hochgewachsene Frau über die Wiese her.

»Das ist sie, die Marie-Bas'«, stotterte der Junge.

Sie hatte gerade die Wäsche an die Leine gehängt und trug den leeren Korb zum Haus zurück. Als sie den Jungen in seinem sonderbaren Anzug erblickte, blieb sie sogleich stehen.

»Franz!« rief sie erstaunt. »Wer hat dich denn so hergerichtet?«

»Selbst!« würgte er hervor und begann hastig, die Knöpfe seines Rockes zu schließen.

Sie aber zerrte an den Ärmeln und zupfte an den Rockschößen herum, ohne daß der Rock deshalb größer geworden wäre.

Der Junge ließ alles ruhig mit sich geschehen und suchte verzweifelt nach einem guten Anfang. »Mit einem ›Ford-Anglia‹ bin ich gekommen«, sagte er schließlich.

»Und was willst du da?«

»Dich, Marie-Bas'!«

»Mich?« lachte sie, daß die weißen Zähne blitzten. Es war ein gutes Lachen. »Wieso denn mich?« Und plötzlich ernst: »Schickt dich etwa der Vater zu mir, Franz?«

»Nein, nein, das nicht!« rief der Junge sogleich. Ihre Frage hatte ihn richtig in Schwung gebracht. »Der Vater weiß nichts davon, und er darf niemals etwas davon erfahren. Ich habe bloß mit Ferdinand und der Rosina davon gesprochen, und wir haben ausgelost, wer zu dir fahren muß. Da hab' ich das kürzere Zündholz gezogen und bin losgefahren. Der Ferdinand hat mir seinen umgeschneiderten Firmungsanzug geliehen und die Rosina hat mir das Rosmarinsträußlein an den Hut gesteckt.«

Damit war sein Gesprächsstoff erschöpft; denn über Autos konnte man mit der Marie-Bas' nicht reden. Verlegen stand er da, zog, um etwas zu tun, die Handschuhe von den Fingern und schlug sie kräftig in die linke Hand.

»Und jetzt bist du also da«, sagte die Marie-Bas' in ihrer resoluten Art. »Und Hunger wirst du auch haben.«

»Das auch«, erwiderte er schnell, rührte sich aber nicht von der Stelle; denn er wußte, wenn er in der Stube am Tisch saß, ging alles noch viel schwerer. Nein, was er zu sagen hatte, mußte jetzt gesagt werden, während die Marie-Bas' noch vor ihm stand und ihm der nette Herr, der zigarrerauchend an seinem ›Ford-Anglia‹ lehnte, aufmunternd zunickte. Es mußte hier, unter freiem Himmel gesagt werden.

Im Kino hatte er gesehen, wie man's macht. Er nahm mit einer leichten Verbeugung den Hut ab und erklärte feierlich: »Marie-Bas', ich bitte um deine Hand!«

Damit war es gesagt. Er glaubte, jetzt müßte etwas Besonderes geschehen. Der Himmel müßte niederstürzen oder die Erde sich auftun. Aber nichts dergleichen geschah. Die Marie-Bas' nahm bloß die Wäscheklammern, die ihr noch übriggebliebene waren, aus der Schürzentasche und warf sie in den Korb zurück.

Oder hatte er etwas falsch gemacht? »Nicht für mich!« fügte er rasch hinzu. »Für uns, meine ich – das heißt, für den Vater!«

»Ja, will er mich denn?«

»Und ob er dich will!« Dem Jungen fiel ein Stein vom Herzen. »Ob er dich will, Marie-Bas'! Er traut sich nur nicht, es dir zu sagen.«

Da lachte sie wieder herzhaft, nahm den Korb auf und trug ihn ins Haus. »Dann muß ich halt doch wieder einmal bei euch vorbeikommen!«

Auf seiner nächsten Geschäftsreise erfuhr Sylvester Spöttl, der den Anfang dieser Geschichte miterlebt hatte, auch noch ihr gutes Ende. Als er – ein paar Wochen später – mit seinem roten ›Ford Anglia‹ auf dem Weg nach Salzburg durch die Banater-Siedlung fuhr, schoß plötzlich der Junge auf ihn los und hieß ihn willkommen. Da trat die Marie-Bas', zufällig wieder einen Wäschekorb in den Händen, aus dem Haus. »Unsere neue Mutter!« stellte sie der Junge vor. Der Weinhändler wußte, was sich in einem solchen Fall gehört und holte die letzten drei Flaschen ›Zierfandler Auslese‹, die er noch im Wagen hatte, hervor. Aber sie reichten nicht aus, um alles, was zu feiern war, zu feiern, so daß der Vater Kolbus sogar noch die Musterflaschen leeren mußte. Mit der letzten Kostprobe aber ließen sie einstimmig den jungen Brautwerber hochleben, der dem Schicksal so kräftig nachgeholfen hatte.

Himmlischer Vater, schenke uns jeden Tag ein wenig Freude, denn kaufen kann man sie nicht, weder en gros noch en detail.

Paul Roth

ERIKA SABINE SAUTTER

»*Spitzbuben*« – *und die Liebe Gottes*

Überall im Hause riecht es nach Weihnachtsgebäck. Das kommt daher, weil die kleine rundliche Frau Pfarrer viele hundert herrliche Zimtsterne, gelbe Butterrosen, »Spitzbuben«, Schokoladenmakronen und Lebkuchen gebacken hat.

Kein Wunder, denn es ist Adventszeit, und in einem richtigen Pfarrhaus gibt es immer viele Menschen zu bescheren.

Darum also hat die kleine rundliche Frau Pfarrer so viel gebacken.

Aber am Sonntag um elf, als der große dünne Herr Pfarrer zum Kindergottesdienst zur Kirche hinüberschreiten will, um den Buben und Mädchen eine fröhliche Geschichte von der Liebe Gottes zu erzählen, da kommt es anders. Kein Mensch kann sich denken, was passiert, wenn am Sonntag um elf, gerade eben in diesem Moment, der Herr Pfarrer den Schluckauf bekommt ...

Aber genau das geschieht jetzt. Die kleine rundliche Frau Pfarrer holt eilig einen Stuhl, klettert hinauf und klopft ihrem Mann auf den Rücken.

Sie klemmt ihm auch die Nase zu, so daß er kräftig durch den Mund atmen muß. Aber nichts will helfen. Er schlickst und schlickst.

Jetzt versucht er zu sprechen: »Schicke bitte – (schlick) – die Kinder – (schlick) – wieder nach Hause – (schlick) – ich kann nicht – (schlick) . . .«

Das aber möchte die kleine rundliche Frau Pfarrer auch nicht tun. Sie hat nämlich Mitleid mit den Kindern, die sich doch heute früh alle extra fein gewaschen und angezogen und gekämmt haben, um die fröhliche Geschichte von der Liebe Gottes zu hören. Darum überlegt sie kurz, was sie machen könnte. Und es fällt ihr auch gleich eine Lösung ein.

Jetzt ruft sie ihre zehn Kinderchen herbei, damit diese ihr helfen, das viele, viele Weihnachtsgebäck auf die Kanzel zu tragen.

Tapfer steigt sie nun auch selbst hinauf und sagt sehr laut und vernehmlich:

»Liebe Kinder! Der Herr Pfarrer hat den Schluckauf und kann euch leider die Geschichte von der Liebe Gottes nicht erzählen. Aber ich möchte sie euch beweisen, so gut ich das eben kann.«

Nun greift die kleine rundliche Frau Pfarrer tüchtig in die herrlichen Zimtsterne hinein und wirft sie von der Kanzel herunter. Auch die gelben Butterrosen und die »Spitzbuben« und die Schokoladenmakronen und die Lebkuchen fliegen nur so dahin.

Die Kinder jubeln jetzt und sammeln schnell die guten Sachen ein. Sie freuen sich, daß die Liebe Gottes nun so verständlich über sie gekommen ist.

Der große dünne Herr Pfarrer aber sagt später zu seiner kleinen rundlichen Frau:

»So gut wie du hätte ich die fröhliche Geschichte von der Liebe Gottes nicht zu erzählen vermocht ...«

Wir können Christus nicht unsere Liebe zeigen, da wir ihn nicht sehen. Aber unsere Nachbarn sehen wir immer – wir können für sie das tun, was wir für Christus tun möchten.

Mutter Teresa von Kalkutta

KLAUS GRANZOW

Frau Holle in Brasilien

Wenn im Advent die tropische Sonne um die Mittagszeit erbarmungslos auf das Ziegeldach des kleinen Kolonistenhauses prallte, flüchtete der achtjährige Friderico unter die Dielen des Pfahlbaus, wo es kühler war. Hier fand ihn selbst die Großmutter nicht, auch wenn sie noch so durchdringend »Fritz! Fritz!« rufen mochte. Durch die Dielen sah er, wie sie mit der Arbeit aufhörte, die Luken an den Fenstern schloß und sich aufs Bett legte, um sich für ein paar Minuten auszuruhen.

Friderico hörte, wie die alte Frau mit sich allein sprach. Sie erzählte sich Geschichten aus ihrer Kindheit in Deutschland, redete von Kälte und Frost, von Schlitten und Schnee. Das waren Wörter, die der kleine Fritz wohl schon gehört hatte, unter denen er sich jedoch nichts Rechtes vorstellen konnte. Besonders das Wort »Schneeflocken« hatte es ihm angetan, denn so oft hörte er die Großmutter seufzen: »Einmal möchte ich noch Schneeflocken sehen!«

Friderico hätte der alten Frau gern diesen Wunsch erfüllt, denn er liebte seine Großmutter sehr, die als Kind aus dem Pommerland in Deutschland nach Brasilien gekommen war. Sie las ihm oft Märchen vor, bei ihr hatte er hochdeutsch und plattdeutsch gelernt, denn in der Schule sprachen sie jetzt portugiesisch.

Von allen Märchen hatte er das von Frau Holle, der Goldmarie und der Pechmarie am allerliebsten. Deshalb nahm er sich oft das Märchenbuch mit, wenn er sich vor der Hitze in den Schatten unter dem Haus verkroch. Eine Stelle in dem Märchen gefiel ihm ganz besonders, und er las sie sich mehrere Male hintereinander vor:

»Frau Holle sagte zu dem Mädchen: Nur mußt du darauf achten, daß du mein Bett gut machst und es fleißig aufschüttelst, daß die Federn fliegen, dann schneit es in der Welt. Darum sagt man in Deutschland, wenn es schneit: Frau Holle macht ihr Bett.«

Das Märchen war mit einem Bilde illustriert, auf dem über einer Wolke ein Mädchen ein Bett ausschüttelte, aus dem viele weiße Flocken und Sterne fielen. Darunter lag die Erde, und Häuser, Felder und Wälder waren mit einer Schicht aus weißem Zucker bestreut. So sah es jedenfalls aus. Aber von der Großmutter wußte er, daß es kein Zucker war, sondern Schnee.

Jedenfalls sah die Erde dort drüben in Pommern im Winter wie ein verwunschenes Zauberland aus, und Fridericos Phantasie beschäftigte sich unentwegt mit dem Schnee und den Schneeflocken, die aus dem Federbett der Frau Holle vom Himmel geschüttelt wurden, und die seine Großmutter so gern noch einmal in ihrem Leben gesehen hätte.

Je näher das Weihnachtsfest rückte, um so mehr redete die alte Frau von Kälte, Frost und Schnee, denn sie hatte am meisten unter der tropischen Sonne zu leiden. Dem kleinen Friderico machte die Hitze nicht viel aus, obwohl er nun jeden Tag den weiten Weg durch den Urwald zur Kirche traben mußte. Doch er ging gern dorthin, weil der Pastor mit allen Kindern ein Krippenspiel einübte, das am Heiligabend vor der Gemeinde aufgeführt werden sollte. Friderico durfte den Verkündigungsengel singen und gestalten, weil er eine besonders klare und helle Stimme besaß.

Während des ganzen Krippenspiels mußte er sich hinter der Altarwand verstecken. Wenn dann die Hirten kamen und auf den Stufen vor dem Altar einschliefen, kletterte er eine Leiter hoch, erschien plötzlich über dem geschnitzten Altarbild und sang: »Vom Himmel hoch, da komm ich her!« Die Hirten erwachten, und der Engel verkündigte ihnen große Freude.

Bei den Proben klappte alles ausgezeichnet, auch wenn der Text oft nicht so aufgesagt wurde, wie er in der Bibel stand. Aber der Pastor meinte, daß es darauf nicht so ankäme, die Hauptsache sei, daß die Kinder voller Fröhlichkeit mitwirkten, denn sie sollten ja allen, die zum Gottesdienst kamen, große Freude bereiten.

Friderico gingen diese Worte sehr zu Herzen, und er mußte immer wieder daran denken, daß er doch so gern seiner Großmutter eine Freude bereiten möchte, und er zergrübelte sein Gehirn, wie er es anstellen könnte, daß die alte Frau noch einmal Schneeflocken zu sehen bekäme.

Am Heiligen Abend war die Hitze so unerträglich, daß die Großmutter sich nicht aus dem Haus getraute. Doch der kleine Fritz beschwor sie, unbedingt in die Kirche zum Krippenspiel zu kommen, und er lief zum Pastor und bat ihn, sie doch im Gemeindewagen abzuholen. Der Pfarrer war von dem Eifer des Jungen so gerührt, daß er tatsächlich die Frau in seinem neuen Volkswagen zur Kirche fuhr und sie in die erste Reihe der Kirchenbänke setzte.

Friderico lief zu Fuß hinterher, denn er hatte noch ein weißes Nachthemd vergessen, das er sich als Engel überstreifen sollte. Auf seinem Nacken trug er einen großen Rucksack, so daß er aussah wie ein kleiner Weihnachtsmann. Doch in dem Sack schien nicht viel drinzustecken, denn er trug ihn leichtfüßig über den Urwaldpfad zur Kirche.

Dort begann gerade das große Krippenspiel. Die Kinder hatten schon ganz aufgeregt alle Lichter am Pinienbaum angezündet, obwohl das Wachs in der tropischen Glut schmolz und auf die Altarstufen tropfte.

Friderico versteckte sich mit seinem Rucksack hinter der Altarwand und hörte, wie die Hirten hereingepoltert kamen und ihren Spruch aufsagten:

Wir kommen herein, ohn' allen Spott,
einen schönen Abend, den geb' euch Gott.
Einen schönen Abend, eine fröhliche Zeit,
die uns der Herr hat allen bereit't.

Dann näherten sie sich durch den Gang der Kirche dem Altar, schwenkten ihre Laternen, drohten den vorlauten kleinen Kindern mit ihren Kuhstöcken und sagten weiter ihre Verse auf. Als sie geendigt hatten, gähnten sie laut und legten sich auf den Stufen zur Ruhe.

Nun begann Fridericos Auftritt als Verkündigungsengel. Er streifte sich das lange Nachthemd über, krabbelte die Leiter hoch und erschien mit seinem blonden Haarschopf über dem Altar, so daß er von den geschnitzten Engelsköpfen dort oben kaum zu unterscheiden war. Seine helle Stimme schallte durch die Kirche und drang durch die offenen Luken weit in das Tal hinaus: »Vom Himmel hoch, da komm ich her!« Alle hörten andächtig zu, sogar die alten Frauen ließen für einen Moment ihre Fächer sinken, mit denen sie sich Kühlung zufächelten.

Die Großmutter in der ersten Kirchenbank weinte vor Freude und seufzte laut, denn sie dachte wieder an ihre Kindheit im Pommerland.

Friderico schien nur auf dieses Seufzen gewartet zu haben, denn kaum hatte er sein Lied mit den vielen Strophen beendet, riß er den Sack, der neben ihm auf der Trittleiter stand, auf und holte sein Daunenbett hervor, das ihm die Großmutter im Juli, als es so kalt war, selbst gestopft hatte, schnitt das Inlett mit einer Rasierklinge auf und schüttelte das Bett über der Altarwand aus. Dabei dachte er immer wieder an die Worte von Frau Holle:

»Du mußt darauf achten, daß du mein Bett gut machst und fleißig schüttelst, daß die Federn fliegen, dann schneit es in der Welt. Darum sagt man in Deutschland, wenn es schneit: die Frau Holle schüttelt ihr Bett!«

Aber nun schneite es plötzlich am Heiligabend nicht nur in Deutschland, sondern auch im tropischen Brasilien, denn die Daunen und Federn rieselten und wirbelten auf die Hirten auf dem Felde hinunter, die vor dem Altar der kleinen Urwaldkirche lagerten.

Verblüfft starrten die Hirten nach oben, als sei ein Wunder geschehen. Atemlose Stille herrschte unter der andächtig lauschenden Gemeinde. Die kleinen Kinder saßen mit offenen Mündern in den langen, blau gestrichenen Kirchenbänken. So etwas hatten sie noch nie gesehen, und erst als die Großmutter ausrief: »Es schneit! Es schneit!«, da wußten sie, das war es. Sie versuchten, das neue Wort nachzusprechen und sprangen begeistert auf, um nach den »Schneeflocken« zu greifen.

Der Pastor drängte die Kinder zurück in die Bänke und wollte schon gegen die »Freveltat« Fridericos loswettern. Aber als er den Eifer des Jungen sah, mußte er lachen und ließ ihn gewähren. Er ahnte, was in dem Kopf und im Herzen des kleinen Fritz vor sich ging.

Die Väter hielten ihre Kinder fest, und die Mütter sanken erschöpft in die Bänke zurück und fächelten sich noch schneller Kühlung zu. Durch den Luftzug wirbelten die Daunen und Federn noch mehr durcheinander und senkten sich schließlich auf alle Menschen herab, die gekommen waren, um die Weihnachtsgeschichte in der Kirche zu hören.

Als das Krippenspiel zu Ende war und der Pastor mit der Predigt begann, flogen immer noch ein paar Flocken durch die Luft, obwohl Friderico längst wieder hinter dem Altar saß und sein leeres Daunenbett in den Rucksack zurückstopfte.

Während seiner Predigt schaute der Pastor in lauter fröhliche Gesichter, denn die ganze Gemeinde lächelte über die tanzenden Bettfedern, die ihn wie Schneeflocken umkreisten. Doch er selbst mußte auch mehrere Male ein Lachen unterdrücken, wenn er vor sich die mit weißen Daunen bedeckten Gemeindeglieder sah, die der Verkündigungsengel über ihnen ausgeschüttelt hatte.

Als am Schluß des Gottesdienstes der Kirchenchor sang: »Leise rieselt der Schnee«, da wünschten sich alle, daß Frau Holle doch noch einmal käme und es ordentlich schneien ließe, gerade so, wie es im Lande ihrer Vorfahren zum Heiligabend geschah. Doch Friderico besaß nur ein einziges Daunenbett und konnte seinen Auftritt nicht wiederholen.

Erinnerungen sind Wärmflaschen fürs Herz.

RUDOLF FERNAU

Erinnerungen und Erlebnisse

Salme Raatma

Die Knopfsitzung

Daß die wichtigsten Knöpfe immer dann abreißen, wenn man es eilig hat, ist nichts Neues. Daß sie von selbst wieder anwachsen, kommt allerdings seltener vor. Doch mir ist dieses Wunder gerade passiert. Das hat mich richtig ernüchtert.

Der Tag begann überhaupt grau in grau: Nieselregen, Nebel wie nasse Watte über der Stadt. Wozu aufstehen? Aber Wolfgang mußte zur Schule, Dorle in den Kindergarten, und Thomas verlangte sein Müsli. Mein Mann, der erst um neun aus dem Haus geht, schlief noch fest. Wie ich ihn um diesen Morgenschlaf beneidete! Ich bin keine Frühaufsteherin, die Arbeit beginnt bei mir daher mit lauter kleinen Ärgernissen.

Diesmal war es die Brotmaschine, die mir fast in die Hand geschnitten hätte. Und der Reißverschluß von Wolfis Schulranzen blieb auch wieder mal mitten auf der Strecke stecken, er ließ sich weder auf- noch zumachen. Der kleine Mann mußte über die große Straßenkreuzung hinüberbegleitet werden, wir durften auf keinen Fall zu spät aufbrechen.

Als ich nachher mit Dorle zum Kindergarten wanderte, hüpfte sie fröhlich an meiner Hand und fragte: »Machst du es heute?«

Ich begriff nicht gleich. Was sollte ich machen?

»Das Puppenkleid«, antwortete sie zögernd. Ach ja, wievielmal hatte ich ihr das versprochen! Und nie Wort gehalten. Ich hatte doch keine Zeit, ich konnte nicht! Ich war überfordert.

»Ja, ja«, sagte ich, »ich will's versuchen.«

»Du machst es ja doch nicht«, murmelte sie und guckte weg.

Wie klein und verloren sah das Kind aus vor der großen Hausfassade. Langsam und traurig schlenderte sie durch den Vorgarten zur Haustür, wie mit großem Kummer beladen. Warum hat sie so eine Mutter, die nie Zeit hat? Dabei bin ich die berühmte »Nur-Hausfrau«, also nur für die Kinder da, wie man meinen könnte. Leider tauge ich nicht dazu. Ich versuche mich weiterzubilden, will in allem Bescheid wissen und mitsprechen, in verschiedenen Diskussionskreisen aktiv mitwirken, Vorträge halten und entschieden dazu beitragen, daß die Menschheit nicht im sozialen Elend und moralischen Chaos endet.

Ich verabscheute – bis heute – die jungen Frauen, die vollkommen in ihrer Familie aufgehen. Sie können nur über Babyhöschen und Kochrezepte sprechen, oder sie gehen täglich zum Friseur, um ihren Mann am Bändelchen zu halten, so dachte ich. Ich fühlte mich ihnen haushoch überlegen. So wie sie wollte ich nicht sein.

Ich mußte mich beeilen, um noch am Vormittag die letzten Seiten meines Vortrags abzutippen. Ein paar statistische Anhaltspunkte brauchte ich auch, müßte also möglichst noch in die Bibliothek.

Als ich hastig die Straße hinunterlief, fiel mir ein, daß ich vergessen hatte, die Leiterin des Frauenvereins anzurufen. Mit nassen Schuhen und feuchtem Haar betrat ich die Wohnung. Mein Mann hatte schon seinen Kaffee getrunken, saß in Hemdsärmeln am Tisch und überflog die Morgenzeitung.

Der Knopf an seinem Rock! schoß es mir durch den Kopf. Wie konnte ich das wieder vergessen. War es gestern oder noch früher, als ich merkte, daß er nur an einigen Fäden hing? Jetzt wird er verloren sein. Ich eilte ins Schlafzimmer und wollte den Rock vom Bügel nehmen. Welch ein Glück, der Knopf war noch da! Und sogar angenäht! Hatte er etwa selbst? – Aber das kann mein Mann ja gar nicht.

Ich untersuchte das Wunder näher. Es war geschickt gemacht, sehr sauber und fest, mit genau dazu passendem Faden. Ich ließ die Hände fallen und spürte, wie mich plötzlich ein Schwindel überfiel. Im selben Augenblick kam mein Mann herein, nahm den Rock, zog ihn an und betrachtete sich sehr wohlgefällig – wie mir schien

– im Spiegel. Ich zitterte und bückte mich, um einen Läufer geradezuziehen. Er sah mich nicht an, sagte im Gehen:

»Es wird heute recht spät werden, du brauchst nicht mit dem Essen zu warten. Wir haben eine Sitzung.«

Wie ein Traumwandler wankte ich in die Küche. Was war das? Der Knopf war angenäht. Und wie ist mein Mann hinausgegangen? Fast ohne Gruß. Seit wann geht er schon so? Habe ich es denn gar nicht gemerkt? Und wie oft kommt er sehr spät nach Hause?

Wie war es früher mit den Knöpfen? Er war außer sich, wenn einer etwas locker war und ich im letzten Augenblick mit hastigen Stichen zu erreichen suchte, daß er wenigstens nicht verlorenging ...

»Schau doch meine Anzüge auch mal nach, dann passiert sowas nicht! Wie oft muß ich es dir sagen!« Auch in der offenen Wut kann noch das feste, unerschütterliche Zusammengehörigkeitsgefühl stecken. Aber jetzt? Der Knopf ist einfach angenäht. Und wie er sich im Spiegel betrachtet hat. So tut man es nicht vor einer langweiligen Sitzung.

Der Knopf. Die Sitzung. Knopfsitzung.

Tom weckte mich aus der Erstarrung. Mechanisch zog ich den Kleinen an und ging mit ihm einkaufen. Im Vorbeigehen sah ich mich im Spiegel eines Blumenladens: blaß, verstört, übernäch-

tigt, mit fettigem Haar. Der Regenmantel schäbig, die Schuhe ungeputzt. Nein, ich war bestimmt keine bezaubernde Erscheinung.

Ich kaufte duftende Wicken, bunt durcheinander, und begann zu Hause entschlossen, »mich zu ändern«: Haarwaschen, Musterung des Kleiderschrankes, Auffrischung der Wohnung. Als Wolfgang aus der Schule kam, schaute er mich erstaunt an.

»Mutti, wohin gehst du? Du siehst ja so schön aus«, war sein Gruß. Als er seine Aufgaben gemacht hatte, ging ich Dorle aus dem Kindergarten holen. Sie lief mir jauchzend in die Arme: »Muttilein! –« Dann verstummte sie plötzlich. Sie ist zu sensibel. Was hatte sie nun schon wieder?

Als alle drei Kinder für eine Weile im Hof des großen Wohnblocks spielten, versuchte ich, mit meinem Vortrag fertig zu werden. Es ging mühsamer als die Lateinaufgabe in der Schule. In die Bibliothek war ich auch nicht gekommen. Und der Knopf – wie er mich drückte! Er wuchs zu einem Mühlrad und siegte über alle gescheiten Gedanken. Er ließ überhaupt keine guten Einfälle zu, versperrte mir jegliche Konzentration. Ich war froh, als es Zeit wurde, mich wieder um die Kinder zu kümmern. Pünktlich um sieben pflegte ich sie immer ins Bett zu bringen. Heute ließ ich mich erweichen, sie durften toben und schreien, soviel sie Lust hatten. Nur Dorle war still. War sie etwa krank? Kein Wunder bei diesem Grippewetter.

Als sie endlich alle unter ihren Decken lagen, wollte ich noch einmal an den Vortrag herangehen. Es mußte doch gelingen. Dann rief Wolfgang:

»Mutti, ich kann nicht schlafen, die Dorle heult!«

Ich wurde ungeduldig. Was hatte sie nur?

»Was fehlt dir? Tut dir was weh?«

Nein, Fieber hatte sie nicht. Als ich die Decke zurückschlug, hielt sie ihre alte Stoffpuppe fest an die Brust gedrückt und weinte herzzerbrechend.

»Morgen ist im Kindergarten ein Fest, und sie hat überhaupt kein Kleid«, kam es schluchzend und stoßweise aus ihr heraus.

Ich war erschüttert. Zwei Puppenwagen mit großen Puppen in den schönsten gekauften Kleidern hatte sie in der Ecke stehen. Aber dieses alte, schmierige Etwas, in ein Taschentuch und eine alte Schürze gewickelt, nahm sie immer mit ins Bett. Und ich hatte ihr heute wieder versprochen, das Kleid zu nähen.

»Du tust es ja doch nicht!«

Jetzt werde ich's tun. Und was für ein Kleid wird das werden! Ich suchte die schönsten Flicken zusammen, brachte meinen Nähkorb und setzte mich vor Dorles Bett.

»Du darfst wach bleiben, bis das Kleid fertig genäht ist.«

Sie sah mich mit ungläubigen nassen Augen an, ein kleiner, leidender Mensch, der nicht mehr mit Wundern rechnet. Sollte die erste Enttäuschung ihres Lebens die eigene Mutter sein?

Ich nähte und erzählte ihr dabei ein Märchen: »Es war einmal ein Müller, der war arm, aber er hatte eine schöne Tochter. Und es traf sich, daß er mit dem König zu sprechen kam und ihm sagte: Ich habe eine Tochter, die weiß die Kunst, Stroh in Gold zu verwandeln ...«

Als das Märchen zu Ende war, hatte ich auch das Kleid fertig. Nur ein Knopf fehlte. Ich suchte lange, bis ich den richtigen fand. Er war klein und schillernd und paßte gut zu den Spitzen der Halskrause. Vorne am Kragen wurde er angebracht.

»Ist das ein echter Edelstein?« fragte Dorle. »Kann man ihn richtig auf- und zumachen?« Etwas vom Wunderglauben schimmerte jetzt wieder in ihren Augen, ein wiedergefundenes Vertrauen: Wie gut du das alles machen kannst, sowas kann keiner!

Als ich sie schließlich zudeckte, mit ihrer Puppe im Arm, sah ich in ein Gesichtchen, in dem sich das Glück des Paradieses widerspiegelte.

Und ich wollte mit meinen Vorträgen die Welt verbessern ...

Mein Mann kam sehr spät. Ich saß noch mit meinem Nähkorb im Wohnzimmer.

»Was hast du denn noch genäht, so spät?« fragte er erstaunt.

»Einen Knopf an Dorles Puppenkleid«, antwortete ich und lächelte zaghaft.

»Ich dachte, du arbeitest an deinem Vortrag«, meinte er. Und dann wie nebenbei: »Bald hätte ich's vergessen – deine Mutter läßt dich grüßen. Ich war gestern kurz bei ihr. Übrigens hat sie mir auch einen Knopf angenäht.«

Ich denke oft an Heraklion

Ja, wirklich – ich denke oft an Heraklion. Ich denke gern an diese Stadt. Jetzt wieder. Eine Zeitlang war das anders. Doch ich will von vorne erzählen.

Was mir passiert ist, liegt schon einige Jahre zurück. In jenem Sommer betrieb ich einen kleinen Souvenirladen in Heraklion. Gewissermaßen auf den ersten Blick hatte ich mich in Kreta verliebt, diese Insel am Rande Europas. Und wo die Liebe hinfällt, da bleibt sie liegen ...

Um einen Souvenirladen aufzumachen, ein Geschäft bescheidenen Ausmaßes, brauchte es nicht allzuviel: etwas Mut, etwas Geld. Beides besaß ich.

Allerdings mußte ich noch manches lernen; genaugenommen, das allermeiste. In erster Linie die Sprache. Die wichtigsten Wörter, die ich notwendig brauchte, konnte ich bereits: »danke«, »bitte«, – und noch so ein paar Redewendungen. In dem hübschen Straßenrestaurant gegenüber dem Morosinibrunnen auf dem Venezilou-Platz vermochte ich mir ein Essen zu bestellen. Das war nicht allzu schwierig, da ich mich auf ein

»Stammgericht« spezialisiert hatte: Christiki – gemischter Salat mit Käsestückchen und Oliven. Da das besonders billig war, leistete ich mir manchmal eine halbe Flasche Raki dazu. Meine Sprachkenntnisse erlaubten es mir sogar, mich mit meinem Nachbarn Georgios Panapoulos zu unterhalten. Hier muß ich eine Einschränkung machen: die Unterhaltung wurde dadurch möglich, daß er zwei Jahre in Deutschland gelebt hatte und meine eigene Sprache recht gut beherrschte.

Wesentlich schneller als die Sprache lernte ich das Faulenzen. Etwa ab halb zwölf machte ich es wie alle anderen auch. Eine Ausnahme bildete der Ober im Straßenrestaurant. Der konnte nicht faulenzen, der mußte die Gäste, durchweg Touristen, bedienen. Von Mittag an schläft während des Sommers nahezu die ganze Stadt, und das ist das Vernünftigste, was man tun kann. Die Fremden liegen zu dieser Zeit am Strand. Oder sie halten sich in der schattigen Kühle ihrer Zimmer auf, mit Ausnahme jener, die sich draußen unbedingt einen Sonnenstich holen wollen. Kaum, daß sich ein Fremder während dieser heißen Stunden einmal in ein Geschäft verirrt. Und wenn – es gibt viele Souvenirläden in Heraklion.

So war es auch an diesem denkwürdigen 13. August. Ich hockte auf meinem Stuhl, die Arme hatte ich flach auf die Lehne gelegt, und auf den Armen lag mein Kopf. Mein Stuhl stand neben dem Eingang; dort hingen die Teppiche und Handwebereien, von denen ich einige erst ein paar Tage zuvor aus Anojia geholt hatte, einem kleinen Dorf direkt unter dem Berg Ida. Man sagt, daß dort die Frauen schon mit dem Webstuhl auf die Welt kommen. Ab und zu hob ich den Kopf, dann glitten meine Augen über den ganzen anderen Kram: Matten und Decken, Schultertaschen und Einkaufsbeutel, Teller und Vasen, Aschenbecher und ein rundes Hundert Münzen, deren Hersteller sich auf die Kunst antiker Nachbildungen einiges einbildeten. So saß ich da, schläfrig und scheinbar energielos, aber doch nicht untätig. Ich dachte nämlich nach.

Das, was ich verkaufte, reichte mir gerade zum Leben, ja, es blieb sogar noch etwas übrig für das Gehalt, das ich meiner Halbtagsgehilfin zahlen mußte. Maria Logothetiou war 21 Jahre alt und zog mehr Käufer an als alles, was ich in meinem Laden anzubieten hatte. Das Geld reichte gerade – es hätte ruhig mehr sein können; denn schließlich mußte ich an den Winter denken, die Zeit, da viel weniger Touristen die Insel besuchen.

Die Idee kam von Maria. »Wir müssen auffallend machen!« eröffnete sie mir am frühen Abend. Sie hatte gerade einem Franzosen eine dreißig Zentimeter hohe Apollostatue aus echtem Gips verkauft! Ich mußte lachen, wie immer, wenn Maria Deutsch sprach, obwohl dazu absolut kein

Grund vorhanden war. Georgios, mein Nachbar, sprach mit mir Deutsch, Maria sprach mit mir Deutsch, wo blieb mein Griechisch? »Wir müssen herausheben«, fuhr sie fort. »Wie das heißen? Werbung machen, Besonderes haben, die Leute staunen und dann kommen in Laden und kaufen.« Sie schwieg und legte ihre wundervolle hohe Stirn in grüblerische Falten. Nach einer Weile hob sie den Kopf. »Ich werde Ergebnis haben, morgen.« Dann ging sie nach Hause.

Doch eine knappe Stunde später war sie wieder da: »Ich es haben!« rief sie und begann sofort zu erzählen. Sie sprudelte die Worte nur so heraus, deutsch, griechisch, ich vermochte kaum zu folgen. Ihre Idee war wundervoll! So wundervoll wie Maria selbst. »Danke für deine Idee, für alles, was du für mich tust«, sagte ich leise und streichelte ihr pechschwarzes Haar. Sie lächelte und hauchte einen schnellen Kuß auf meine Wange.

Sophia Kampadelliou war ihre Freundin, vor allem aber war sie die Tochter von Kostas Kampadellis, einem der führenden Kunsthändler auf der Insel. Maria wußte, daß er einige Prunkstücke besaß, von denen ein einziges mehr wert war als mein ganzer Kram im Laden zusammen. Wenn er mir nur ein Stück davon als Blickfang für mein kleines Schaufenster leihen würde, könnte ich sicher sein, daß die Zahl der Käufer steigen würde. Einen Blickfang im Schaufenster, eine kleine antike Kostbarkeit, das würde die Menschen anziehen. Maria stimmte mir zu. Leider war es ihr letzter Tag bei mir. Am nächsten Morgen flog sie nach Athen. Immerhin hatte sie noch Zeit, mich mit Sophia bekanntzumachen. Nein, bedauerte Sophia, ihr Vater sei einige Tage auswärts, in Paris und London, aber am Sonnabend kehre er zurück. Ich sei dann jederzeit willkommen.

Ich hatte Glück – wenigstens dachte ich das vorläufig noch. Herr Kampadellis zeigte sich meinen Wünschen überaus aufgeschlossen, ja, er freute sich sogar, einem jungen Ausländer behilflich sein zu können. Er besaß einige überaus wertvolle uralte Stücke. Darunter befand sich eine Halskette, gefunden bei den jüngsten Ausgrabungen des Minoischen Palastes von Kato Zakros. Er wollte sie mir leihweise überlassen. Zuerst zögerte ich, dann sagte ich zu. Sophia brachte mir die Kette in meinen Laden. Eine Woche lang durfte ich sie in meinem Fenster zur Schau stellen. Maria hatte sich nicht geirrt. Das Prachtstück tat seine Wirkung.

Aber dann geschah es – am letzten Tag der Woche. Ich hatte soeben das Fenster ausgeräumt und die Kette auf den Ladentisch gelegt. In dem engen Raum befanden sich mehrere Kunden, und ich vergaß die Kette unter den vielen Fragen, die mir gestellt wurden. Kurz vor Geschäftsschluß zuckte es mir durch den Kopf. Ich sah nach. Die Kette war verschwunden. Wo hatte ich sie zuletzt gesehen? Mir wurde für Sekunden so schwindlig, daß ich mich auf einen Stuhl setzen mußte. Es war eine Katastrophe!

Dann begann ich zu suchen. Zu suchen? Es gibt kein Wort für die Tätigkeit, die ich entfaltete. Das unterste stülpte ich zuoberst, ich kroch unter Schränke, kippte unter Aufbietung der letzten Kräfte Truhen um, rollte jeden Teppich auf und wieder zusammen. Die Kette war weg. Und ich mußte sie ersetzen. Die Frage war nur, wie? Ach, wenn doch nur Maria dagewesen wäre! Maria mit ihren Ideen, mit ihrer Phantasie, mit ihrer unermüdlichen Hilfsbereitschaft. Aber sie war in Athen. Ob ich sie anrufen sollte? Schnell verwarf ich den Gedanken. Ich selbst hatte mich in diese Situation gebracht. Maria durfte ich damit nicht belasten.

Dann half mir mein Nachbar Georgios. Ein entfernter Verwandter von ihm, Nikos Tsambikakis, besorgte mir nach qualvoll langen Tagen eine Kette. Sie sah der verschwundenen täuschend ähnlich. Sie war freilich teuer, umgerechnet an die viertausend Mark. Doch was blieb mir übrig? Georgios überredete seinen Verwandten, und so konnte ich in Raten bezahlen. Mit dem Raki zum Essen war es nun aus. Paximadia – eine Art Zwieback – und Ziegenkäse würden künftig genügen müssen. Aus war auch der Traum vom geplanten Flug in die Heimat nach Ende der Saison.

Zwei Jahre lang zahlte ich an den Raten für die Kette, die mir Nikos Tsambikakis besorgt hatte. Kostas Kampadellis, der reiche Kunsthändler, hatte meinen Schwindel nicht bemerkt und die Kette als die ursprünglich echte angesehen, als ich sie ihm zurückbrachte. Das Original war sicher erheblich mehr wert als die viertausend Mark. Ich bekam eine Gänsehaut, wenn ich nur daran dachte. Außerdem plagte mich mein Gewissen.

O ja, damals lernte ich, was ein schlechtes Gewissen bedeutet. Ich litt Höllenqualen. An Maria dachte ich voll schwerer Selbstbeschuldigungen. Und Sophia ging ich aus dem Weg. Überhaupt mied ich jede größere und kleinere Geselligkeit. Zum Einzelgänger war ich geworden, und ich selbst hatte mich dazu verurteilt. Es ging mir schlecht – sowohl finanziell als auch moralisch.

Die letzten Wochen der Saison brachten noch einmal ganz gute Geschäfte. Nachdem ich Nikos Tsambikakis die letzte Rate überwiesen hatte, bekam ich auch die Summe für den Rückflug nach Deutschland zusammen. Es war gerade noch einmal gutgegangen. Ich würde Kreta verlassen. Nicht für immer, denn ich liebte die Insel, und ich liebte Heraklion, und ich liebte Maria. Aber für eine gewisse Zeit wollte ich weg. Die letzten Monate hatten meine Nerven außerordentlich strapaziert.

Nach und nach vermochte ich jedoch wieder an Kreta zu denken, ohne jedesmal einen leisen Schwindel zu spüren, der sich regelmäßig einstellte, wenn ich den Namen las oder überhaupt griechische Laute vernahm. An jenem Mittwoch im November, als ich Maria nach zwei Jahren erstmals wieder traf, hatte ich es überstanden. Ich hatte mir streng vorgenommen, nichts von meinem Mißgeschick zu berichten. Dann tat ich es doch. Ich hielt mit nichts zurück, und ich verlor mich mehr und mehr ins Erzählen, nicht zuletzt unter dem Einfluß des Raki und der prickelnden Nähe von Maria. Wir saßen in einem kleinen Lokal in Athen. Mein Bericht mündete schließlich in einem Meer von Selbstanklagen und Selbstmitleid. Als ich fertig war, blickten mich Marias große schwarze Augen ganz erschrocken an.

»Aber das ist doch unmöglich!« rief sie. Ich schüttelte den Kopf. »Es ist alles genau so, wie ich es sagte.«

»Du Armer!« Sie legte ihren Arm um meine Schulter und lehnte sekundenlang ihre Stirn an meine Wange. Die Gegenstände auf dem Tisch tanzten als Schatten im Licht der flackernden Kerze über die Wand. Als sie aufsah, seufzte sie sehr lange, sehr tief. »Du große Angst gehabt, Lieber. Herr Kampadellis hat keine echte Kette gegeben, sondern nachgemachte. Niemals er dir ein echtes Stück leihen für dein Schaufenster. Er viel zu vorsichtig. Er soll Geld zurückgeben, wenigstens ein bißchen. Aber er nicht mehr können das. Er jetzt im Himmel. Seit April.«

Sicher hätte ich Teilnahme zeigen sollen, aber in diesem Augenblick habe ich das vergessen. Ich lachte und wußte nicht, worüber – über das Spiel des Schicksals oder über die Art, wie Maria mit der deutschen Sprache jonglierte. Obwohl mir bei meinen Griechischkenntnissen keinesfalls ein Lachen zustand ...

Man sieht ein, daß es nicht der Beruf des Menschen ist, Lämmer zu schlachten und Steine zu zerschlagen, sondern daß er geboren ist, mit einer Rose in der Hand umherzugehen.

Jean Giraudoux

Liesel Schwinn

Sommerfreuden

Wochenlang bin ich nicht mehr aus der Stadt herausgekommen. Den ganzen Juni und Juli über ging ich nur kurz in den Garten, um zu gießen, zu jäten und Blumen zu holen.

Ich hatte gedacht, ich wäre ganz glücklich dabei, denn die Blumen und die Sträuße aus dem Garten sind jetzt hinreißend schön: hoher tiefblauer Rittersporn, glühend hellrote »brennende Liebe«, gelbe Schafgarbe, die ersten tiefsamtroten Löwenmäulchen, und als überschwengliche Krönung zwischen diesen strahlenden klaren Farben eine weiße duftende Madonnenlilie.

Lilien lasse ich ja lieber im Garten stehen, aber wenn niemand dorthin kommt, um sich daran zu freuen, dann opfere ich sogar eine Lilie für die Wohnung. Ihr Duft erfüllt bald alle Räume.

Einmal habe ich etwas sehr Hübsches gelesen. In Japan wird den jungen Mädchen vor der Eheschließung gesagt, wie sie ihren Männern begegnen können, die müde und verstimmt von des Tages Arbeit nach Hause kommen: sie sollen ihnen eine schöne Blume zeigen. Bestimmt kein schlechtes Rezept!

Und so glaube ich, daß es gut ist, wenn die Blicke meines Mannes und meiner Kinder beim Heimkommen gleich im Gang auf einen dieser überirdisch schönen Sommersträuße fallen; überirdisch – das meine ich wörtlich.

Inzwischen verblühten Rittersporn und Lilien. Heute holte ich mein Auto und fuhr aus der Stadt hinaus. An einer kleinen Nebenstraße kam ich an einem blühenden Wegrand vor einem Kornfeld vorbei. Die Zeit reichte nicht zum Aussteigen. Aber meine Augen konnten sich nicht losreißen von der Fülle des rotleuchtenden Mohns, der blaßblauen Wegwarten, des gelben Kreuzkrautes, der lilafarbenen Kugelblüten der Disteln, der weißen Schafgarbe. Es war ein üppiges wildes Durcheinander an Farben und Formen. Dieser Wegrand blieb mir im Gedächtnis, den ganzen Tag über. Sein buntes Bild strahlte immer wieder in mir auf und machte mich froh.

Ein Strauß in der Vase im Gang unseres Hauses, ein paar Blumen auf dem Frühstückstisch, ein kleiner Garten – das ist schön, aber es ist doch nicht alles. Ich sehne mich danach, wieder ganz hinauszukommen. Hinaus in die Wiesen und Wälder, in den Duft und in die Farben der wilden Blumen und Kräuter. In die Fülle des Sommers.

Rosen

Sind Sie die Hausbesitzerin?« fragte mich der Polizist, als er mit mir an meinem Gartentor zusammenstieß. Ich bejahte. Er war ein ausgesprochen höflicher, freundlicher Polizist, aber »trotzdem« kein Schwabe. Ich mochte ihn in der Sekunde gut leiden. Er deutete auf die sich an meinem Zaun entlangschlingenden Rosenranken, die »Crimson Rambler«, die während des ganzen Sommers und Herbstes in üppigen dunkelroten Büscheln geblüht hatten und meiner Auffassung nach alle vorübergehenden Spaziergänger entzückt haben mußten.

»Jetzt im Winter«, so sagte das Auge des Gesetzes freundlich, »schadet es den Rosen nicht, wenn Sie sie versetzen.«

»Versetzen?«

»Nun ja, natürlich versetzen! Diese Sorte Rosen können Sie nie so zähmen, daß nichts von ihnen über den Zaun wächst.«

»Aber das ist ja gerade das Wunderbare an ihnen!« rief ich. Der Hüter der Ordnung konnte eine solch unordentliche Einstellung sichtlich nicht verstehen. Begütigend fuhr ich fort: »Wir haben sie übrigens schon gewaltig zurückgeschnitten.«

»Schon, schon! Die Ranken, ja. Aber ...«

»Aber?«

»Sehen Sie hier diesen Dorn? Stellen Sie sich vor, eine Dame im leichten Seidenkleid eilt dicht an Ihrem Zaun vorbei. Heute geht ja niemand mehr, er eilt. Was passiert? Hier an diesem Dorn bleibt die Dame hängen. Das Kleid hat zweihundert Mark gekostet. Wer muß es bezahlen? Sie als Hausbesitzerin.«

»Wir haben jetzt doch Dezember«, versuchte ich zu scherzen. »Die Dame wird einen Mantel anhaben.«

»Selbst ein Mantel kann an diesem Dorn hier hängenbleiben und zerreißen. Sehen Sie, wie scharf er ist?« Er maß den zwischen den Latten sich durchzwängenden Dorn mit seinem Zeigefinger. »Drei Zentimeter!« rief er. »So ein Mantel kostet eine ganze Stange Geld.«

»Na ja«, begütigte ich, »schließlich kann man doch ein bißchen achtgeben.«

»Achtgeben? Wegen Ihrer Dornen hier?« Der Mann lachte. »Das können Sie doch im Ernst niemand zumuten! Die Menschen haben's eilig, ich sagte das doch schon. Vorschrift ist, daß der Gehweg bis zur Höhe von zweieinviertel Meter frei sein muß. Absolut frei. Stellen Sie sich vor: jemand stolpert, und im Fallen streift er mit seinem rechten Auge den Dorn. Wenn er in entgegengesetzter Richtung geht und stolpert, dann wäre es das linke Auge. Das Auge ist futsch, das werden Sie mir zugeben. Und Sie als Hausbesitzerin, Sie haften ...«

»Du liebe Zeit!« sagte ich hilflos.

»Oder«, fuhr die an sich so sympathische Polizeiunke fort, »wenn ein Kind sich an diesem Dorn die Stirne verletzt. Es reibt mit der schmutzigen Hand das Blut weg, die Wunde entzündet sich, vielleicht gibt es sogar Blutvergiftung.«

»Hören Sie auf!« sagte ich. »Ich werde alles nach innen in meinen Garten dirigieren. Alles! Aber dann ...«

»Was, ›aber dann‹?«

»Nun, dann hängen im Sommer keine Rosen mehr über den Zaun. Und ich habe doch einmal geschworen ...«

Ich muß recht hilflos ausgesehen haben. »Geschworen?« fragte der nette Schutzmann teilnehmend. »Was haben Sie denn geschworen? Sicherlich sind Sie doch froh, wenn Ihre Rosen nicht mehr über den Zaun hängen.«

»Sie sind doch noch jung«, sagte ich zu dem Polizisten. »Haben Sie eigentlich noch nie solche Rosen geklaut für Ihre Freundin?«

»Ich?« In dem Ton dieses winzigen Wörtchens lag eine Welt von Ordnung und diszipliniertem Lebenswandel.

»Armer Mann«, sagte ich.

»Wieso?«

»Wer nie an einem Zaun Rosen geklaut und sie an den Hut gesteckt hat, wenn er zu seinem Mädchen ging, der ist ein armer Mann.« Und überredend fügte ich hinzu: »Das müssen Sie nachholen, unbedingt!« Damit winkte ich dem verdutzten Gesetzeshüter freundlich zu und ging ins Haus.

Natürlich hatte der Mann recht damit, daß es ungebührlich war, seine Rosen den Fußgängern in die Nase wachsen zu lassen. Und doch! Ich war plötzlich wehmütiger Erinnerungen voll. Da stand vor meinem geistigen Auge jene Gartenmauer in Tübingen, der entlang ich damals mit »ihm« lustwandelte, jene Gartenmauer, über welche die Rosen, diese Art Rosen, üppig auf den Gehweg hingen, sich den Spaziergängern freigebig darboten, und wo ich einmal mit einem Rosenbusch beschenkt worden war. Einem geklauten Rosenbusch. Und wo ich dann zu meinem Liebsten sagte: »Wenn wir einmal ein Haus haben, dann pflanzen wir solche Rosen an den Zaun für die Liebespärchen der nächsten und der übernächsten Generation.«

Ich habe nun ein Haus, ich habe den Zaun und habe die Rosen. Aber – arme Liebesleute von heute! Ihr habt nichts davon. Denn die Rosen dürfen ja nur ordentlich nach innen in den Garten wachsen. Ihr habt heute Autos und Flugzeuge und Radios und Fernseher und noch vieles andere mehr. Eure Jugend ist so reich, verglichen mit der unseren vor einem dreiviertel Jahrhundert. Und doch ist sie so arm. So arm an Poesie. Die verbotenen Rosenranken außerhalb des Gartenzaunes sind ja nur ein Symbol für vieles, was eurer Erlebnisbereitschaft nicht mehr zugänglich gemacht werden kann. Es eilt ja überall so sehr, und wir alle eilen mit.

Lob des kleinen Lebenskreises

Ihr Beruf?« fragte der Beamte hinter dem Schalter streng. »Hausfrau! Hab' ich doch bereits geschrieben!« Bescheiden weise ich auf die betreffende Stelle im Formular.

»Ihr erlernter Beruf gehört da hinein!« werde ich belehrt. »Hausfrau – das ist nur Ihre derzeitige Beschäftigung!«

»Nur« hat er gesagt, denke ich grollend. Und am liebsten würde ich ihm sofort und auf der Stelle aufzählen, was alles eine Hausfrau sein muß: Kinder-, Raum- und Säuglingspflegerin, Buchhalterin, Psychologin, Erzieherin, Wasch- und Bügelfrau, Köchin, Schneiderin, Mathematiklehrerin, Krankenschwester, Gesellschafterin, Beschäftigungstherapeutin – und – und – und ...

Meine »derzeitige Beschäftigung« erstreckt sich über fast vierzig Jahre. Was soll ich da viel erklären! So lächle ich den Beamten nur freundlich an: »Lassen wir's bei ›Hausfrau‹!«

Ich bin nämlich gerne Hausfrau. Besonders dann, wenn ich morgens an meinem Küchenfenster stehe und in den hellerleuchteten Räumen des Bürohauses gegenüber die langen Reihen der

Schreibkräfte mit gebeugten Häuptern und gekrümmten Rücken arbeiten sehe. Manchmal wandelt ein Herr durch die Reihen und sieht nach, ob auch alle fleißig sind.

Dann schaue ich mich zufrieden in meinem eigenen kleinen Reich um, freue mich, daß mich niemand kontrolliert, daß keiner mir etwas vorzuschreiben hat. Meine Anweisungen gebe ich mir selber. Zugegeben, nicht jede Arbeit macht mir Vergnügen, doch wenn ich ein wohnliches Daheim haben will, muß ich eben Staub wischen, Geschirr spülen, Betten frisch beziehen ... Das Ergebnis meiner Bemühungen freut mich dann doch. Und nicht nur mich, sondern auch andere: Mann, Kinder, Enkel, Freunde, Nachbarn, Verwandte – Gäste und Besucher aller Art.

Ein Haushalt ist nur ein kleiner Lebenskreis – gewiß. Weltbewegende Taten lassen sich dort kaum vollbringen. Doch die Begeisterung der Familie über einen wohlgelungenen Kuchen am Sonntagmorgen kann sehr wohl der Befriedigung gleichkommen, die irgendeine andere schöpferische Tätigkeit schenkt. Auf alle Fälle aber ist die Hausfrau der Mittelpunkt ihres kleinen Lebenskreises, und sie kann ihn ausfüllen wie sie will. Sie kann ihn auch ausschmücken ...

Freilich gibt es auch Hausfrauen, die den ganzen Tag mit hängender Zunge und einem Putzlappen in der Hand herumrennen und das Glück ihres Lebens darin erblicken, daß man von ihren Fußböden essen kann. Aber wer will das denn überhaupt? Ich jedenfalls würde seelenruhig den Staub von gestern ruhen lassen und den von heute dazu, wenn mir etwas anderes wichtiger vorkommt: ein Spaziergang, weil so schönes Wetter ist, eine kleine Geschichte, die ich schreiben, ein Buch, das ich lesen, ein Besuch, den ich machen möchte ...

Wenn es mir gelingt, jemanden zum Lachen zu bringen, der zuvor niedergeschlagen und trübselig gelaunt war, dann denke ich am Abend, daß dies ein guter Tag war, daß ich meine Zeit nicht vergeudet habe. Auch wenn die Gardinen nun wieder nicht gewaschen, die Fenster nicht geputzt worden sind. Ich habe ein Gefühl, als ob ich meinen kleinen Lebenskreis mit bunten Blumen geschmückt hätte.

Früher haben wir – mein Mann und ich – viele schöne Reisen gemacht und dabei Menschen und Landschaften kennengelernt. Damit ist es jetzt, weil auch wir älter geworden sind, ziemlich vorbei. Doch, was tut's? Ich lese meine Reiseberichte, nehme mir Tagebücher, Landkarten und Fotos vor und erlebe alles Schöne in Gedanken und behaglich im Sessel sitzend noch einmal.

Oder – Besuch hat sich angesagt. Kinder und Enkel erfüllen die Wohnung mit Leben und Lachen. Da heißt es dann wohl einmal – oder auch manchmal: »Omi, kannst du mir diese Hose richten? Man trägt sie jetzt nicht mehr so lang und so weit.« Ich kann und setze mich an die Nähmaschine, während die Enkelin mir über die Schulter schaut. Ich kann auch den Korb mit Bügelwäsche stehen lassen, wenn der Enkelsohn mit mir zum Schwimmen gehen und anschließend am Waldrand Erdbeeren suchen möchte.

Natürlich wissen die Enkelkinder auch ihren Großvater zu beschäftigen: er darf Fahrradschläuche flicken oder als Torwart beim Fußballspiel einspringen. Und in die Eisdiele begleiten darf er sie auch.

Wie freuen wir uns, wenn wir beim Abschied hören: »Wunderbar waren die Ferien bei euch!« Wir winken unseren lieben Gästen nach, machen uns gemeinsam an die Aufräumungsarbeiten und genießen die doch etwas entbehrte Stille.

Manchmal freilich habe auch ich Tage, an denen sich die Schwingen des Frohsinns nicht so recht ausbreiten lassen. Ein hohler Zahn, ein verdorbener Magen, eine schlimme Nachricht, ein unfreundliches Wort, Kummer, Sorgen, Schmerzen – all dies liegt wie ein Schatten auf dem Weg, bedrückt, belastet. Wie gut tut dann eine heitere Musik, ein Anruf bei lieben Freunden – die vielleicht Schwierigkeiten haben, gegenüber denen die eigenen unbedeutend sind –, ein tröstendes Buch, ein freundliches Bild, ein schönes Gedicht, ein Gebet ...

Wenn ich auf die Wegstrecken meines Lebens zurückschaue – ohne falsche Wehmut, weil ich sie kein zweites Mal gehen kann –, finde ich so viel, wofür ich zu danken habe, worüber ich mich freuen kann. Und so habe ich auch keine Angst vor dem Weg, der noch vor mir liegt. Ich darf ja jeden Morgen von neuem bitten: »Herr, segne diesen Tag und alle, die mir begegnen, und alles, was er bringt.«

Einer sei reich, schön, geehrt, so fragt sich, wenn man sein Glück beurteilen will, ob er dabei heiter sei. Ist er hingegen heiter, so ist es einerlei, ob er alt, gerade oder bucklig, arm oder reich sei; er ist glücklich.

Arthur Schopenhauer

Konsumsklaven

Er saß auf dem Sofa, die Beine übereinander, ein dickes Buch auf den Knien: »Enzyklopädie der Weltgeschichte«. Die Seite, die er aufgeschlagen hatte, behandelte das Sklaventum in seiner schrecklichen geschichtlichen Entwicklung. Zeichnungen von in Ketten abgeführten farbigen Menschen breiteten sich vor ihm aus, wie sie unter den Peitschenhieben der weißen Söldner fast zu Boden fielen; Illustrationen begabter Zeichner, die sich die Zwangsdeportation von Negern durch die weiße Herrenrasse blühend ausgemalt hatten.

Er saß eine Weile über den Bildern, dann blickte er auf und sagte: »Furchtbar, Papi, was Menschen mit Menschen anstellen.«

»Das kann man wohl sagen«, erwiderte ich. Ich wußte noch nicht recht, worauf das Gespräch meines Sohnes hinaus wollte.

»Irgendwie«, sagte er und schürzte die Lippen, »irgendwie gibt es auch heute noch Sklaven.«

»Davon bin ich überzeugt«, entgegnete ich.

»Eben«, rief er, »du bist auch einer, aber du merkst es nur nicht.«

Nun wurde ich hellhörig. »Wieso? Wie meinst du das?«

»Ein Bürosklave.«

»Ein Bü ... Bü ... Bü ...«

»Ein Bürosklave. Du hast ganz richtig verstanden.«

Der Sache mußte ich auf den Grund gehen.

Ich ging um den Schreibtisch herum und setzte mich aufs Sofa zu meinem Sohn. »Wieso bin ich ein Bürosklave?«

»Weil du auch ausgebeutet wirst, Papi. Du arbeitest für deinen Betrieb und ...«

»Halt, mein Lieber, dafür bekomme ich ein Gehalt, verstehst du? Meine Arbeit wird mit Geld vergütet, gleichsam als Gegenleistung, eine Art Tausch.«

»Ein schlechter Tausch«, grinste mein Sohn. »Fast wie bei den Sklaven in dieser Enzy... Enzyplöadie.«

»Enzyklopädie heißt das. Nachschlagewerk zu deutsch. Aber – wie kommst du darauf?«

»Weil dein Gehalt nie ausreicht, um meine Wünsche zu erfüllen.«

Aha! Das also steckte hinter der Anspielung auf das moderne Sklaventum.

»Vielleicht ist es ganz gut, daß ich dir nicht alle Wünsche erfüllen kann«, sagte ich.

»Und warum soll das gut sein? Ein echter Vater müßte sich doch freuen, wenn er seinem Sohn alle Wünsche ...«

»... von der Nasenspitze ablesen könnte?« ergänzte ich.

»Eben. Du hast es erraten.«

Ich versuchte, die Unterhaltung andersherum zu führen.

»Kannst du mir verraten, was für eine Hose du trägst?«

Mein Sohn blickte mich an, als ob ich nicht auf drei zählen könnte.

»Eine Jeans-Hose, selbstverständlich. Das sieht doch jedes Kind.«

»Gut. Und was für eine Farbe?«

»Blau. Ist doch klar.«

»Kannst du mir sagen«, begann ich abermals und zog die Worte wie Kaugummi in die Länge, »kannst du mir sagen, welche Hosen deine Freunde tragen?«

»Auch Jeans.«

»Ebenfalls blau, nicht wahr?«

»Das ist eben ›in‹, Vati.«

»So kann man es auch nennen, mein Lieber. Wißt ihr, was ihr seid?«

Seine Augen hingen an meinem Mund. Er konnte die Antwort nicht schnell genug erwarten.

»Sklaven. Konsumsklaven.«

»Kon ...«

»Ja. Was ›in‹ ist, sagt ihr. In Wirklichkeit sind es ein paar Drahtzieher im Hintergrund, und die suggerieren euch, was ›in‹, was chic, was Mode ist –, und ihr fallt prompt auf den Schwindel herein.

Und diese Drahtzieher machen euch weis, daß man einen Parka statt einer Jacke trägt, welche Stelz- oder Stöckelschuhe man zu kaufen hat, welche Comics und Filme ihr unbedingt gesehen haben müßt, und daß man mit siebzehn ein Mofa hat. Siehst du, und das alles, meint ihr, sei euer freier Wille, eure freie Entscheidung! Untergeschoben hat man euch diese Konsumwünsche und dabei euren Willen ganz vorsichtig, ganz sanft, in eine bestimmte Richtung gelenkt. Merkt ihr eigentlich nicht, daß dahinter Taktik, wenn nicht sogar Politik steckt? Aber das kannst du in deinem Alter noch nicht durchschauen. Dazu bist du gewiß noch zu jung.

Aber darin, mein Lieber, liegt eine große Gefahr: daß der Mensch durch ständiges Habenwollen, durch ständige ihm eingeimpfte Wünsche gleichsam weich wird, leichter lenkbar ist und zu einer Marionette jener Drahtzieher werden kann, die seine Gedanken konsequent auf Konsum richten. Ja, und wer immer nur auf das achtet, was ›man‹ tut oder macht oder trägt oder haben muß, verliert der nicht leicht den Blick für die Vorgänge in seiner Umgebung, etwa für die kommunalen, die politischen Dinge? Und überläßt das Geschick und das Wohl des Volkes den ›Machern‹, den ... ach nein, das klingt zu pathetisch, zu wahlrednerisch. Ich meine, man braucht Distanz, damit man den Überblick nicht verliert und nicht in den Sog gerät. Und man muß auch mal ›nein‹ sagen können, damit man nicht zum Konsumsklaven wird ...«

Die Pause dauerte lange. Hinter der Stirn meines Sohnes arbeitete es. Vielleicht hatte er ein wenig von dem verstanden, was ich ihm klarzumachen versuchte. »Meinst du«, fragte er nach einer Weile vorsichtig, »daß ich schon ein Konsumsklave bin?«

»Ich schätze, du hast noch einmal Glück gehabt. Du bist gerade an der ansteckenden Krankheit vorbeigekommen.«

Mein Sohn nahm die Enzyklopädie und stellte sie ins Bücherregal.

Übrigens: Seit heute nachmittag trägt er eine braune Hose.

Wie mit den Lebenszeiten, so ist es auch mit den Tagen: keiner ist uns genug, keiner ist ganz schön, jeder hat seine Plage und seine Unvollkommenheit. Aber rechne sie zusammen, so kommt eine Summe Freude und Leben heraus.

Friedrich Hölderlin

Fragezeichen-Menschen

Alle guten Wünsche und Ratschläge, mit denen wir kurz vor unserem Ruhestand überschüttet wurden, waren längst verweht. Nun standen Inge, Ursel und ich vor einer Wende: Nicht mehr jung, noch nicht alt – Stillstand?

»Wenn wir uns nicht selbst um ein ausgefülltes Rentnerdasein bemühen, hat alles Getue keinen Sinn!« behauptete Ursel. Und spontan fügte sie hinzu: »Nehmen wir Abstand! Machen wir Urlaub!«

Also packten wir drei unsere Koffer und fuhren auf eine kleine Nordseeinsel. Spätsommer. Wasser, Wellen, Wind und Weite ...

Eines Tages fütterten wir auf der Strandpromenade die Möwen. Wir meinten, etwas Gutes zu tun. Da kam – unbemerkt von uns – ein braungebrannter älterer Herr mit Goldbrille heran, blieb stehen und belehrte uns: »Meine Damen, Sie scheinen nicht zu wissen, daß Brot kein Futter ist für Möwen!«

Nein, wir wußten es wirklich nicht. Peinlich. Lächelnd lüftete er seinen hellen Strohhut und ging weiter.

»Was wissen wir überhaupt von unserer Umgebung?« fragte Inge.

»Sehr wenig«, meinte ich.

Anschaulich denken

Fortan streiften wir mit offenen Sinnen durch die kleine Inselwelt und entdeckten jeden Tag etwas Neues: schöne Steine, Muscheln, ein Seesternchen. Wer wußte Näheres darüber? Wir hatten den Mut zu fragen. Und immer wieder zu fragen, wenn wir etwas nicht wußten.

»Fragezeichen-Menschen«, nannte uns Ursel.

»Das sind diejenigen«, überlegte ich, »die sich für alles interessieren, denen nichts entgeht, für die nichts belanglos ist. Als Kinder waren wir alle Fragezeichen-Menschen. Später verlernten wir zu fragen ...«

Lob der Gemütlichkeit

Einmal jagte uns der Sturm zurück ins Haus, der Regen peitschte an die Fensterscheiben, die Urlaubsstimmung sank auf den Gefrierpunkt. Unsere Pension war ein Familienbetrieb mit – vorwiegend – älteren Gästen, die Jahr für Jahr wiederkamen.

Dementsprechend war auch der Aufenthaltsraum eingerichtet: ohne Radio, ohne Fernsehen – gemütlich. Kleine Öllampen brannten auf den

Tischen. Ein Kännchen Friesentee stand auf dem Stövchen. Kandiszucker, Kluntjes genannt, und Sahne gehörten ebenso dazu wie selbstgebackene Kekse. Wir waren schnell heimisch geworden in diesem Haus und hatten begriffen, daß nicht alle Tage »Sonnen-Tag« sein kann.

Vorsorglich hatte ich Schreibblöcke und Kugelschreiber ins Reisegepäck getan ...

Spiel mit Worten

Schweigend legte ich drei Bogen weißes Papier auf den Tisch, dazu drei Kugelschreiber.

»Was soll das?« mißtraute Inge.

»Schreiben? – Nun mach aber einen Punkt!«

Da mußte ich lachen: »Genau richtig getippt, Ursel! Fangen wir an!«

Ich nahm einen Bogen und malte oben links einen kleinen Punkt.

»Das ist der Ausgangspunkt!«

»Ein Nullpunkt«, behauptete Inge.

»Gut – suchen wir andere Punkte«, versuchte ich, das Spiel in Gang zu bringen.

»Höhepunkt, Siedepunkt ...«

»Notieren«, sagte ich, »damit nichts verlorengeht!«

»Punkte sammeln«, scherzte Ursel.

»Ja, auch entsprechende Redensarten sollten wir aufschreiben!«

Und so gab ein Wort das andere, und schon

waren wir mitten drin im schönsten Wortspiel. Der schöpferische Einfall wird nämlich weniger durch das einsame isolierte Denken als durch das Denken in Gruppen gefördert. Teamarbeit nennt man das sonst.

Konzentration und Sammlung hatten uns so beschäftigt, daß wir den uns bereits bekannten alten Herrn mit Goldbrille, der in der Ecke saß, nicht bemerkten. Er aber mußte uns schon lange beobachtet haben, eh' er plötzlich vor uns stand:

»Mit Worten läßt sich trefflich streiten, mit Worten ein System bereiten ...«

Da waren wir drei so erschrocken, daß wir wortwörtlich einen »wunden Punkt« in uns verspürten. Ursel faßte sich am schnellsten. »Goethe«, sagte sie, »Faust. – Wollen Sie ein bißchen bei uns Platz nehmen?«

Der Herr dankte freundlich, stellte sich als »Dr. König« vor, setzte sich und tat eifrig mit. Zwischendurch kam er immer wieder auf den »Faust« zurück, was uns jedoch nicht störte.

Was ist eigentlich ein Punkt?

Zu einer guten Gedächtnisübung gehört außer Interesse und Konzentration auch das Verknüpfen von Begriffen – und Wiederholungen.

Weit über fünfzig »Punkte« und Redensarten »um den Punkt herum« hatten wir inzwischen gesammelt und gesichtet. Nun mußten wir unsere

Punkte miteinander verbinden und verknüpfen – unserem Tun einen Sinn verleihen.

»Wissen Sie eigentlich, was das Wort Punkt bedeutet?« erkundigte sich unser freundlicher Tischgenosse.

Da haben wir drei aber ganz dumm dreingeschaut. Mit sichtlichem Vergnügen wurden wir schließlich aufgeklärt: »Punkt kommt von dem lateinischen ›punctus‹, was soviel bedeutet wir ›das Gestochene‹ oder ›der Einstich‹.«

Noch viel mehr erfuhren wir darüber, und es ließ sich nicht verbergen, daß unser Dr. König ein pensionierter Studienrat war.

Unser Spiel ging weiter. »Nun hört mal zu«, sagte ich. »Wir wollen jetzt versuchen, mit unseren Punkten Neues aufzubauen, Zusammenhänge zu entwickeln und vielleicht sogar eine kleine Geschichte schreiben – mit möglichst vielen Punkten. Mit etwas Phantasie müßte das möglich sein.«

»Alle großen Leistungen der Menschheit sind zunächst in der Phantasie entstanden«, sagte Dr. König. »Gedanken müssen Wirklichkeit werden.«

Zufrieden zogen wir uns – mit Schreibblock und Kugelschreiber – in unsere Zimmer zurück.

Punkt für Punkt

»Guten Morgen, habt ihr ausgeschlafen?« begrüßte uns Ursel am Frühstückstisch.

Sofort begann Inge lebhaft zu erzählen:

»Bevor ich gestern abend einschlafen konnte, tanzten auf meiner ›inneren Bühne‹ noch alle Punkte durcheinander. Aber heute früh schwebte mir bereits etwas vor, das vielleicht Gestalt annehmen könnte.«

»Ein gutes Vorstellungstraining – es schafft Klarheit«, gab ich zurück.

Ursel lachte und hielt ein Blatt Papier hoch. Es war dicht beschrieben und mit roten Punkten durchsetzt. »Darf ich euch einmal vorlesen, was meiner Phantasie entsprungen ist, nachdem ich sie sozusagen ›punktiert‹ hatte?«

Ursel las vor – und überall dort, wo das Wort »Punkt« vorkam, hatte sie einen roten Punkt gemalt:

»Das ist der Ausgangspunkt, ein winzigkleiner Punkt mit einer Idee, der ich von meinem Standpunkt aus folgen werde. Ich weiß nicht, wohin sie mich führt. Ich schaue nach links, ich schaue nach rechts, ich schaue nach hinten, ich schaue – und merke eines Tages, daß ich auf einem Drehpunkt sitze, besser gesagt: auf einem toten Punkt, einem Schwerpunkt. Es dreht sich – scheinbar? – alles um mein Ich. Und dieses Ich wird klein und immer kleiner. Bin ich an einem Wendepunkt angelangt?

Plötzlich fliegt mir ein springender Punkt ins Auge. Halt! Es sind zwei Gesichtspunkte:

Punkt 1: Denke!

Punkt 2: Tu etwas!

Also, ich soll denken – nachdenken. Jedoch vom Denken allein wird niemand klug. Es ist höchstens ein Stützpunkt. Vielleicht der einzige Stützpunkt, wenn das Stimmungsbarometer auf dem Tiefpunkt angelangt ist.

Wohl dem, der seinen Wendepunkt erkennt, alle Plus- und Minuspunkte abwägt und vom Nullpunkt aus wieder den richtigen Blickpunkt anstrebt, das heißt: zu jedem Zeitpunkt bereit ist, einem anderen Menschen zu begegnen, mit ihm einen Treffpunkt zu vereinbaren.

Man darf sich nur nicht selbst zum Mittelpunkt machen, weil sonst der andere auf den Gefrierpunkt fällt. Berührungspunkte gibt es dann nicht mehr.

Wer gern im Brennpunkt steht, muß damit rechnen, den Siedepunkt zu erreichen, was vom Gesichtspunkt des Partners aus kein Anziehungspunkt ist.

Genießen wir also bewußt die Höhepunkte des Lebens, indem wir etwas tun, was uns – und unserem lebendigen Kontrapunkt auch – Freude macht!

Ich mache keinen Punkt, schon gar keinen Schlußpunkt, denn unser geistiger Treffpunkt soll nur ein Ruhepunkt sein, eine schöpferische Pause; denkbar wäre allenfalls ein Doppelpunkt: Fortsetzung folgt ...«

Von der Ecke her rief jemand »bravo« und klatschte in die Hände. Es war natürlich Dr. König, unser freundlicher Studienrat.

Miteinander

In den nächsten Tagen machten wir wieder lange Strandspaziergänge. Wir ließen uns den frischen Seewind um die Ohren wehen und fühlten uns um Jahre verjüngt. Oft waren wir auch mit Dr. König zusammen. Wir erfuhren, daß er in einem Heim lebe, schon dreiundachtzig Jahre alt und sehr einsam sei. Seine Frau war vor zehn Jahren gestorben, sein einziger Sohn im Krieg geblieben. »Was wollen Sie«, sagte er, »das ist das Schicksal meiner Generation.« Er beklagte sich nicht und klagte niemand an. Stillschweigend mußten wir zugeben: Er war schon eine Persönlichkeit.

An unserem letzten Abend luden wir ihn zu einem Glas Wein ein. Dabei lasen dann auch Inge und ich unsere Punkt-Gedanken vor. Inge hatte sich eine niedliche Episode von »Punkt und Pünktchen« ausgedacht. Ich hielt mich mehr ans »Punktum«.

»Wer hätte geahnt, daß aus einer spontanen Begeisterung an einem Regentag kleine Meisterwerke entstehen könnten«, lobte Dr. König.

Wir freuten uns sehr. »Danke schön, Herr Studienrat!«

Bevor wir uns schließlich verabschiedeten, summte Ursel vor sich hin: »Froh zu sein bedarf es wenig, und wer froh ist –«

»– ist ein König«, vollendete Dr. König.

Hatten wir es erreicht, ihn ein wenig froh zu machen?

Gottes Wort ist die rechte Sonne, die uns den ewigen Tag gibt, zu leben und fröhlich zu sein.

Martin Luther

Gott ist Freude.
Darum hat er
die Sonne
vor sein Haus
gestellt.

Franz von Assisi

Wieland Schmid

Haben Sie sich heute schon gefreut?

Mitten auf der Straße kommt da einer auf mich zu, deutet eine leichte Verbeugung an, lächelt und fragt: »Verzeihung, haben Sie sich heute schon gefreut?« Nein, habe ich nicht. Oder doch? Nicht, daß ich wüßte. Weshalb auch! Schließlich lebe ich im depressiven Zeitalter. Aber was geht das diesen jungen Mann an?

»Ich habe alles, was ich brauche«, sage ich. »Ich will weder Mitglied in einem Verein werden noch eine Zeitschrift abonnieren. Auch drängt es mich nicht danach, als bevölkerungsgerechter Querschnitt oder Prozentsatz anläßlich einer Meinungsumfrage verwendet zu werden. Ich will überhaupt nichts, und das, was ich eventuell möchte, werden Sie mir ganz sicher nicht geben. Lassen Sie mich also gefälligst in Frieden.«

So, dem hab' ich's gegeben. Unverschämtheit. Einen mitten auf der Straße anzuquatschen. Mit einer so albernen Frage. Einige Minuten lang bin ich recht zufrieden mit mir. Dann kommen mir nach und nach einige Bedenken. Zuerst schiebe ich sie kurzerhand beiseite. Das haben wir ja gelernt, dieses Beiseiteschieben, da sind wir Meister. Aber eine kleine, dünne Stimme, mehr ein Stimmchen, will nicht locker lassen. ›Warst du nicht ein bißchen zu schroff, allzu abweisend?‹ fragt dieses Stimmchen tief in meinem Innersten. ›Schließlich‹, fährt es fort, ›weißt du ja gar nicht, was er eigentlich wollte. Du hast ihn nicht danach gefragt, sondern gleich losgebellt. Er hat doch nur eine ganz einfache Frage gestellt, eine vernünftige Frage übrigens, eine berechtigte Frage.‹

So, hat er das? Während ich weiterdenke, denke ich ein wenig darüber nach, was das dünne Stimmchen in mir gemeint haben könnte. Hab' ich mich heute schon gefreut? Nein. Warum nicht? Hab' ich mich gestern gefreut? Vorgestern? Hab' ich mich heute schon geärgert? O ja, gewiß. Eben gerade, als der junge Mann diese idiotische Frage stellte. Und kurz vorher. Und vor einer Stunde. Auch gestern und vorgestern. Über den Kollegen Knoblich. Über die unfreundliche Verkäuferin am Kiosk. Über die Stadtstreicher mit ihren Rotweinflaschen. Über die wild aufgemachten Jungen und Mädchen in der U-Bahn mit ihren giftgrün, violett und zinnoberrot gefärbten Haaren ... Seltsam, das weiß ich alles noch ganz genau. Ob ich mich aber gefreut habe?

Ich bleibe stehen, mitten auf dem Gehweg, mitten zwischen all den vielen Menschen. Ich schaue mich um. Vielleicht kann ich den jungen Mann noch irgendwo entdecken. Es würde mich doch interessieren, was er mit seiner Frage bezweckte. Natürlich ist er verschwunden, untergetaucht in der Menge. Ein Körnchen im Sandmeer des Großstadtgewühls. Genau wie ich. Genau wie alle anderen. Jemand stößt mich an. Ich gehe weiter, lasse mich treiben. Am Ende wollte er gar nichts von mir, nur eine einfache Antwort auf eine einfache Frage. Auf die Frage, ob ich mich heute schon gefreut habe. Warum war ich nur so aufgebracht? War es deshalb, weil die Frage mich überraschte, überrumpelte? Weil sie überhaupt nicht auf die Straße paßt? Nicht in meinen Alltag paßt?

Da gehe ich und stehe ich und gehe weiter, lasse mich treiben, halte Zwiesprache mit einer dünnen Stimme in mir und mustere die Menschen, die mir entgegenkommen. Sandkörnchen. Doch nein, das stimmt nicht. Menschen mit Gesichtern, die etwas ausdrücken. Ich forsche nach einem ganz bestimmten Ausdruck. Ist einer unter diesen Menschen, dem ich ansehe, daß er sich heute schon gefreut hat? Ja, da trippelt ein kleines Mädchen an mir vorbei. Es lacht, hält eine Puppe in der Hand. Es sieht neu aus, das Mädchen, und ebenso die Puppe. Vielleicht hat es Geburtstag und hat die Puppe soeben geschenkt bekommen. Das Kind freut sich. Ich beuge mich zu ihm. »Na, freust du dich über die neue Puppe?« Plötzlich ist das Lachen auf dem Gesicht erloschen. Mißtrauen hat es verjagt. Das Kind traut mir nicht so recht. Ein fremder Onkel – was will er? Die Kleine ist schon auf dem direkten Weg, erwachsen zu werden. Und ich mache heute alles falsch. Zuerst die barsche Antwort auf die harmlose Frage des jungen Mannes. Jetzt die dumme Frage an das Kind, die sein Lachen ausgelöscht hat. Na ja, es wird sich schon wieder einstellen, das Lachen, wenn ich verschwunden bin. Bei einem so netten Mädelchen sitzt das Lachen noch locker, das Lachen, das Freude ausdrückt. An einem Werktagvormittag mitten in der Großstadt.

Wenn ich es ganz genau betrachte, ist es jammerschade, daß keiner dieser unzähligen Menschen ein Lachen auf dem Gesicht trägt. Oder wenigstens ein Lächeln. Das wäre auch schon etwas. Oder einfach einen Schimmer von Freude. Das muß es doch auch geben. Ganz sicher gibt es die Freude. Aber sie haben alle ihre Werktagsgesichter aufgesetzt. Wie es sich eben so gehört. Später, wenn sie am Ziel ihrer Eile sind, oder am Abend, zu Hause, nehmen sie das Werktagsgesicht ab und lachen und freuen sich. Wirklich? Schön wär's ...

Schräg gegenüber entdecke ich einen Blumenstand. Ich erwerbe einen Strauß Rosen. Rote und weiße und zwei gelbe dazu. Die dicke Frau mit dem gemütlichen Gesicht lächelt mir zu. »Die Gemahlin wird sich freuen ...« Ich lächle zurück. »Ganz sicher, ja, und einen guten Tag und viele Kunden!« Der Himmel ist heller, die Luft ist leichter, irgendwie scheint es mir, als ob doch da und dort Entgegenkommende recht freundlich dreinschauten. Jutta wird sich freuen, wenn ich ihr die Blumen bringe. So ohne jeden äußeren Anlaß. Einfach aus einer plötzlichen Laune heraus. Sie wird zuerst vielleicht etwas mißtrauisch dreinschauen, etwas fragend – und dann wird sie lachen. Darauf freue ich mich. Ja, tatsächlich, ich freue mich. Wenn jetzt jemand mit einer solchen Frage käme wie vorhin, fiele mir die Antwort leicht. Aber er würde wohl gar nicht fragen. Er würde es mir ansehen, daß ich mich freue.

Trotzdem würde es mich interessieren, was der junge Mann mit seiner Frage eigentlich wollte.

Die Hoffnung ist eine Quelle der Freude und die Freude eine Quelle der Kraft. Die Niedergedrückten und Furchtsamen sind schwach und untätig. Die Hoffnungsvollen und Vertrauenden sind energisch und mutig.

Henry Edward Manning

Güte macht fröhliche Leute

Es waren einmal zwei Jungen. Sie wohnten in der gleichen Straße, waren beide sechs Jahre alt und kamen nun zur Schule. Eugen war groß, und Emil war klein.

Als Eugen aus dem Hause ging, sprach seine Mutter zu ihm: »Paß auf deinen Schulranzen auf! Die Omi hat ihn dir geschenkt. Er darf keinen Flecken kriegen, sonst ist die Omi traurig!«

Eugen ging ganz vorsichtig und gebeugt; er wurde einen Zentimeter kleiner.

Emils Mutter sagte: »Wie hübsch du aussiehst mit dem alten Schulranzen! Weißt du, mit dem ging schon dein großer Bruder zur Schule; man sieht es an den vielen Flecken, darauf kannst du stolz sein!«

Da streckte sich Emil und ging frohgemut zur Schule. Er war einen Zentimeter gewachsen.

Als sie heimkamen, machten sie die ersten Schulaufgaben, eine Seite mit lauter Strichen, die gerade sein sollten.

Eugens Mutter sprach: »Das sieht aber schlecht aus; alle Striche sind gerade, nur einer steht ganz schräg und krumm!«

Sie zerriß die Heftseiten, und Eugen mußte alles noch einmal machen. Da wurde er wieder einen Zentimeter kleiner.

Emils Mutter fand eine Seite voller krummer Kraxelstriche. Sie lachte und sagte: »Guck mal, da steht einer schon ganz gerade. Wenn die andern auch noch so werden, hast du eine gute Arbeit gemacht. Dein Lehrer wird sich freuen!«

Da wuchs Emil wieder um einen Zentimeter.

Anderntags mußten sie ein Lied singen. Zu Hause hörte Eugens Vater zu und sprach: »Da ist ja immer an derselben Stelle derselbe Fehler! Du verdirbst das ganze Lied. Wie kann man nur so unmusikalisch sein!«

Eugen wurde wieder einen Zentimeter kleiner und krächzte nur noch.

Emils Vater hörte auch zu. Er lachte: »Da schwirren ja die Töne nur so herum, aber manche sitzen schon ganz richtig am richtigen Platz. Warte nur, bald sitzen alle richtig. Das gibt eine Musik!« Emils Augen leuchteten, und er wuchs wieder einen Zentimeter.

So ging es alle Tage. Vater und Mutter wachten über ihrem Sohn Eugen, daß er ja keinen Fehler machte, und die Großeltern und Tante Emma und die Nachbarsfrau Maier halfen mit. So kannte Eugen bald alle seine Fehler.

Emil wuchs und steckte voller Hoffnungen. Er sprühte vor Lebenslust, und sein Eifer steckte auch andere an, die solchen Mut gut gebrauchen konnten. Er wurde erwachsen und groß, und viele Leute freuten sich, wenn sie ihn sahen.

Eugen aber begann dahinzusiechen, seine Stirn war voller Runzeln, seine Augen trüb und sein Geist voll von Urteilen über andere. Denn da seine Klugheit nur aus Wissen um seine Fehler bestand, fand er solche auch bei anderen Menschen. Wenn er doch noch einmal leben könnte! Aber da war fast keine Hoffnung. Es sei denn, er würde einmal Emil begegnen. Dessen Lebensfreude hatte etwas Überschüssiges an sich. Sie mochte auch für zwei reichen ...

Nun sagen Sie bloß nicht, solche Menschen wie Eugens Eltern gäbe es nicht. Ein wenig sind sie in uns allen. Gott aber wohnt in Emils Haus. Er macht die Kleinen groß und die Schwachen stark; er sieht die Sehnsüchte der Menschen und verdammt sie nicht wegen ihrer Fehler. Das wissen wir, weil es die Taufe gibt. Da fängt Emils Geschichte an. Auch Ihre Geschichte und meine.

Und sie ist endlos, weil sie auch den Großvätern und Großmüttern gilt, der Tante Emma und der Nachbarsfrau Maier. Gottes Güte macht fröhliche Leute. Durch Liebe werden wir groß.

Mißmutig oder froh?

Es war der erste Winter nach dem zweiten Weltkrieg. Die Wohnung war kalt, wir froren. Die zugeteilten Briketts reichten gerade für die kleine »Brennhexe«, das Öfchen, auf dem wir unser mageres Süppchen kochten. Wir froren, wir hungerten, aber wir waren glücklich. Denn endlich waren wir eine richtige Familie.

Werner, vom ersten Tag an eingezogen, war im August 1945 aus dem Lazarett nach Hause entlassen worden. Unser Zuhause bestand aus zwanzig Quadratmetern zugeteiltem Wohnraum in der Etagenwohnung eines älteren Ehepaares. Wir waren abhängig. Werner war schwer verwundet: eine Gehirnverletzung mit Gedächtnislücken. Er konnte uns nicht ernähren. Es war fraglich, ob er je wieder seinen Beruf würde ausüben können. Er konnte zum Epileptiker werden ...

Das zum Leben unbedingt Notwendige verdiente ich in einer Halbtagsstelle. Ich arbeitete im Krankenhaus in meinem erlernten Beruf. Die winzigen Ersparnisse waren schnell aufgebraucht, weil ich auf dem schwarzen Markt für teures Geld Butter erstand, damit Werner wieder zu Kräften kam. Wir wollten uns nicht unterkriegen lassen. Für unsere Kinder, zwei und drei Jahre alt, mußten wir fröhlich sein. Denn schon damals war uns klar, daß die frühen Kinderjahre entscheidend für die ganze weitere Entwicklung eines Menschen sind, daß ein Zukurzkommen im Gefühlsleben eines Kindes oft nicht mehr zu behebende Schäden verursacht. So gut es eben ging, wollten wir unseren Kindern Freude am Leben vermitteln.

In den Stunden, in denen sich Werner einigermaßen wohlfühlte, spielte er auf seiner Gitarre; sie war so ungefähr das einzige, was wir aus den Ruinen gerettet hatten. Ich werde es nie vergessen: Uschi, Peterchen und ich saßen bei ihm, kauerten auf dem Fußboden. Und ich sang aus vollem Herzen: »Geh aus, mein Herz, und suche Freud' ...« Die Kinder summten mit, lachten, freuten sich. Manchmal faßten sie sich an den Händen und tanzten nach der Melodie. Sie quietschten vor Lebensfreude. Und wir vergaßen die Not.

Damals habe ich beten gelernt. »Not lehrt beten«, das hatte meine Mutter immer gesagt. Ich bat um Kraft, alles ohne Bitterkeit ertragen zu lernen. Ich bat inbrünstig um den Lichtschimmer, der doch auch im schlimmsten Dunkel vorhanden ist. »So dunkel kann die Nacht nicht sein, daß nicht ein letzter, erster Schein vom Tag darin sich fände.« Diesen Lichtschein erkennen zu dürfen, darum bat ich.

Dann fing ich an zu danken. Jeden Tag, nein, jede Stunde dankte ich, daß Werner, wenn auch vielleicht für immer leidend, zu uns zurückgekehrt war. Wir waren zusammen, und das machte uns froh.

Am glücklichsten waren wir am Abend, wenn Uschi und Peterchen schliefen. Wir lasen im Bett. Ich erinnere mich noch gut daran, wie wir uns abwechselnd Galsworthys »Forsythe Saga« vorlasen. Während der eine las, wärmte sich der andere unter der Bettdecke die halberfrorenen Hände. Das Buch entführte uns in eine andere, schönere Welt, in eine Welt ohne Ruinen. Wir litten mit den Personen des Romans, wir wärmten uns an dem Familiengefühl der Forsythes. Oft lasen wir bis nach Mitternacht, eng aneinandergekuschelt, um uns zu wärmen.

Nie wieder in meinem Leben war ich so glücklich wie damals. Wir waren zusammen, wir hatten Bücher und konnten unseren Hunger nach Schönem stillen.

Früh am Morgen sang ich manchmal ein Lied. Frau Meyer, die ihre Wohnung mit uns teilen mußte, schüttelte mahnend den Kopf und zitierte den Spruch von dem Vogel, der früh am Morgen singt und den am Abend die Katze holt. Sie verstand so viel Lebensfreude nicht. Ich habe versucht, sie mit meinem Lebensmut anzustek-

ken; es gelang mir nicht. Sie sah und fühlte nur die materielle Not. Darüber kam sie nicht hinweg, sie konnte den »Lichtschimmer«, der doch in jedem Tag verborgen liegt, nicht entdecken. So wurde jede aufkeimende Freude erstickt. Frau Meyer hatte kein Talent zum Dankbarsein. Oder – hatte sie es nur nie geübt?

Das Glück liegt in unserem Inneren, nicht außerhalb, nicht weit weg von uns. Gott hat uns die Freiheit zur eigenen Entscheidung gegeben; es liegt an uns, ob wir mißmutig oder froh sein wollen. Kleine und große Wunder, Schönheit in alltäglichen Dingen umgeben uns auch in schwersten Zeiten; es kommt nur darauf an, daß wir sie sehen, daß wir innehalten, um sie dankbar zu empfangen.

Die Freude ist der Doktorhut des Glaubens. Wir können an der Freude den Mangel unseres Glaubens erkennen. Denn wie stark wir glauben, so stark müssen wir uns auch notwendig freuen.

Martin Luther

Rudolf Hempel

Heute

Haben Sie einen Plakatmaler zur Hand? Dann beauftragen Sie ihn noch heute, Ihnen ein Schild zu malen, das Sie Ihrem Bett gegenüber aufhängen, so daß morgens als erstes Ihr Blick gleich darauf fällt! Es kann nicht groß genug sein, und drauf schreiben soll er den 24. Vers aus dem 118. Psalm: »Dies ist der Tag, den der Herr macht. Lasset uns freuen und fröhlich darinnen sein!« Das »Dies« soll er mit leuchtender Signalfarbe hervorheben und »fröhlich sein« auch!

Denn wir machen alle einen doppelten Fehler. Wir verlieren uns nur zu gern in Träume von einer besseren Zukunft oder, was noch schlimmer ist, machen uns Sorgen um sie. Und wir kommen, besonders wenn wir älter werden, nur schwer von der Vergangenheit los. Auf die eine wie auf die andere Weise aber versäumen wir zu leben. Heute und hier. Unbeschwert und fröhlich. Ja, noch mehr: Wir machen uns das Leben dadurch leicht zur Hölle.

Da wird von Ärzten auf Kongressen und in Blättern immer wieder darauf hingewiesen, was die Sorge um die Zukunft anrichtet an Schäden des Leibes und der Seele, aber immer mehr Zeitschriften bringen Horoskope. Was halsen wir uns dadurch zusätzlich auf an Ängsten und Sorgen, an falschen Erwartungen und Enttäuschungen! Und das alles nur, weil wir Jesus keinen Glauben schenken, der uns zusichert: »Der morgige Tag wird für das Seine sorgen.« Liegt nicht auch gerade darin, daß wir die Zukunft nicht kennen, eine ganz große Güte Gottes beschlossen? Laßt uns doch bewußt im Heute leben, statt uns immer nur Gedanken zu machen um morgen! Ernst Wiechert hat bekannt: »Der Großvater hat nie gewußt, was ein Atom ist. Er hat nur gewußt, daß er ein Kind Gottes ist, und das war die größte Weisheit.« Es ist nichts mehr zum Fürchten da, wo wir das wissen.

Nicht minder macht vielen die Vergangenheit zu schaffen. Sie kommen – vor allem, wenn sie Schweres durchgemacht haben – einfach nicht davon los. Sie nehmen Lasten, die uns längst abgenommen wurden, immer wieder von neuem auf. Das bremst jede fruchtbare und beherzte Entfaltung unserer Kräfte. Die Bibel erzählt, daß eine Frau zur Salzsäule erstarrte, weil sie sich nach einer Katastrophe umblickte nach den verkohlten Trümmern. Unter Witwen, die den Tod ihres Mannes nicht verwinden können, begegnet man solchen Frauen oft. Da werden natürlich besonders Gedenktage zur Folter. Auch macht sich mancher ältere Mensch unbeliebt und stellt sich damit selbst ins Abseits, weil er immer dasselbe erzählt von früher. Keiner wird Gottes großes Angebot voll ausschöpfen, der immer nur besseren Tagen nachweint. Und wenn er solche Wehmut nicht für sich behält, lähmt er auch noch andere.

Gott aber läßt jeden Tag von neuem die Sonne aufgehen. Kinder werden geboren und Blumen blühen. Mit jedem Tag schenkt Gott uns neues Leben, und in jeder Gabe sollten wir auch eine Aufgabe sehen.

Deshalb lebe nicht im Gestern, lebe nicht im Morgen, lebe im Heute! »Euch ist *heute* der Heiland geboren«, verkünden uns die Engel. »Ich muß *heute* in deinem Hause einkehren«, sagt Jesus. »*Dies* ist der Tag, den Gott mir schenkt«, dürfen wir sagen. »Lasset uns freuen und fröhlich darinnen sein!«

Lob der Heiterkeit

Selig jene,
die über sich selbst lachen können,
sie werden sich nie langweilen.

Selig jene,
die einen Berg von einem Maulwurfshügel
unterscheiden können,
ihnen werden viele Verdrießlichkeiten
erspart bleiben.

Selig jene,
die schauen, wohin sie ihren Fuß setzen,
sie werden nur selten
auf einer Bananenschale ausrutschen.

Selig jene,
die ausruhen und schlafen können,
ohne nach Ausflüchten zu suchen,
sie werden weise genannt werden.

Selig jene,
die schweigen können,
sie werden viel Neues lernen.

Selig jene,
die klug genug sind,
sich nicht ernst zu nehmen,
ihre Mitmenschen werden sie schätzen.

Selig jene,
die hellhörig sind auf den Ruf des Nächsten,
sich aber nicht für unersetzlich halten,
sie werden Freude säen.

Selig jene,
die vor dem Tun denken
und vor dem Denken beten,
sie werden viele Dummheiten vermeiden.

Glückselig seid ihr,
wenn ihr schweigen und lächeln könnt,
wenn man euch das Wort abschneidet,
wenn man euch widerspricht
oder euch auf die Zehen steigt,
das Evangelium beginnt
euer Herz zu durchdringen.

Über alles selig seid ihr,
wenn ihr versteht,
den Herrn in allen Menschen zu erkennen,
denen ihr begegnet,
ihr habt das wahre Licht
und die wahre Weisheit gefunden.

Unbekannter Verfasser

Kennen Sie auch die anderen Bände der
VJG-Erzählbuchreihe?
Folgende Titel liegen vor:

Sag ja zum Leben (Band 1)
Herz, wag's auch du! (Band 2)
Enkel schreibt man nicht mit »g« (Band 5)
Allein läßt sich's auch leben (Band 6)
Man nehme ... eine Handvoll Heiterkeit (Band 7)
Mit herzlichen Grüßen (Band 9)
Rauhe Schale – guter Kern (Band 10)
... und haltet die Freude fest ... (Band 11)
Gute Gefährten in Fell und Federkleid (Band 12)
Nichts Besseres als fröhlich sein (Band 13)
Wie ein warmer Sonnenstrahl (Band 14)

Außerdem erscheint jeden Monat:

senior

Die Zeitschrift für – nicht nur – ältere Menschen

... der freundliche, lebensbejahende Begleiter mit anregender, unterhaltender und besinnlicher Lektüre, vielen Bildern, praktischen Tips und wertvollen Informationen.
Jedes Heft hat 32 Seiten und ist in großer Schrift und zweifarbig gedruckt.
Gerne senden wir Ihnen ein Probeheft.

Verlag Junge Gemeinde
Postfach 979 · 7000 Stuttgart 1